15S02052 Brezina, Thomas: Hexen in der Hitpa

Lissi und Tinka sind auf ihre Brüder stinksauer. Die beiden machen mit ihrer Band Furore, lassen aber an den beiden Mädchen kein gutes Haar. Lissi schwört Rache und wettet, dass sie und Tinka bessere Musik machen können als die Brüder. Aber aufgepasst, schwarze Magie ist hier mit im Spiel!

1. Auflage

verlegt durch EGMONT Verlagsgesellschaften mbH
Gertrudenstraße 30-36, 50667 Köln

Titelbild und Innenillustrationen: Betina Gotzen-Beek
Satz: Achim Münster, Overath
Printed in the E.U. (675292)
ISBN 978-3-505-13515-6

MIX
Papier
FSC FSC® C017859

Die Egmont Verlagsgesellschaften gehören als Teil der Egmont-Gruppe zur **Egmont Foundation** – einer gemeinnützigen Stiftung, deren Ziel es ist, die sozialen, kulturellen und gesundheitlichen Lebensumstände von Kindern und Jugendlichen zu verbessern.

Weitere ausführliche Informationen zur **Egmont Foundation** unter www.egmont.com.

THOMAS C. BREZINA

ZUTRITT NUR FÜR HEXEN!

No Jungs!

Hexen in der Hitparade

Mit Illustrationen von Betina Gotzen-Beek

Schneiderbuch
EGMONT

Die Schnabel-Meierbeers – eine Familie

Tinka
küsst einen Spiegel
und verhört Leute im Schlaf.

Stan
trägt im Sommer
einen dicken Schal.

Thorsten
redet über Bäuche,
die so schwer sind wie zwei
Koffer.

Grit, das Muttertier:
Hat ihr Klassentreffen wirklich
schwere Folgen für alle?

Lissi
dichtet den Song
„Schlagsahne mit Essiggurken".

David
will Kunstfurzer
im Zirkus werden.

Frank
kennt Mädchen, die singen
wie hinkende Krähen.

Boris, das Vatertier,
schwingt die Arme und blickt wie
ein Dackel, dem man den Knochen
weggenommen hat.

Und jetzt geht's los!

Die wahre Nummer eins

Ausnahmsweise waren sich Lissi und Tinka völlig einig.

Das kam nach Lissis Meinung wirklich nur vor, wenn in China ein Floh jodelte.

Tinka stimmte ihrer Hexenschwester kichernd zu.

„Der Familienwahnsinn am Freitagabend ist so schlimm wie Zahnschmerzen um Mitternacht", sagte Lissi.

„Oder wie ein Pickel am Po", versuchte Tinka eins draufzusetzen.

Lissi überlegte kurz und nickte. „Pickel am Po ist echt nicht schlecht."

Schon wieder war etwas Außergewöhnliches geschehen. Sie hatte Tinka einfach so zugestimmt und sie sogar gelobt. Was gerade zwischen den Schwestern abging, war schon fast unheimlich.

Boris Schnabel-Meierbeer schwang die Arme und verkündete betont fröhlich: „Ist es nicht wunderbar, dass wir wieder mal ein großes Freitagabend-Familienessen haben?“

„Nein“, kam es einstimmig von allen Seiten.

Nicht nur Lissi und Tinka waren wenig begeistert. Ihre vier Brüder hatten auch andere Pläne.

„Ach Kinder, seid doch nicht so!“ Boris blickte wie ein Dackel, dem jemand den Knochen weggenommen hatte. „Grit hat uns allen etwas Wichtiges zu sagen. Dafür könnt ihr doch einmal am Freitagabend zu Hause bleiben.“

Tinka musste an Grit denken. Ihre Mutter war beim Frühstück sichtlich aufgeregt gewesen und hatte sich riesig auf den gemeinsamen Familienabend gefreut.

„Na gut“, meinte Tinka. „Einmal können wir schon eine Ausnahme machen. Wir freuen uns auch.“

„Werd nicht kitschig“, knurrte Lissi.

Boris überlegte fieberhaft, wie er die Stimmung heben könnte. „Ich bestelle Pizza für uns alle. Wie wäre das?“

David, der Jüngste, jubelte los und veranstaltete einen wilden Tanz durch das Wohnzimmer. Leider stand ihm dabei die Blumenvase mit den Sonnenblumen im Weg. Sie kippte um, und das ganze Wasser ergoss sich auf den Teppich.

Boris seufzte, schnappte sich das Telefon und bestellte die Pizzen. Dann warf er sich, mit mehreren Geschirrtüchern bewaffnet, auf den Teppichboden, um ihn trocken zu reiben. In Kürze würde seine Frau aus ihrem Blumenladen zurückkommen. Bestimmt würde sie dann müde sein, wie sonst auch immer am Ende der Woche. Sie sollte sich nicht ärgern müssen. Besonders nicht an diesem Tag, wo sie doch etwas Freudiges zu berichten hatte.

Normalerweise durften Tinka und Lissi jede Woche von Freitag nach der Schule bis Sonntagmittag in ihrem eigenen kleinen Haus in der Kristallgasse bleiben. Die ganze Familie dachte natürlich, sie würden dort spielen, Spaß haben und vielleicht sogar Hausaufgaben machen. Doch damit lagen sie völlig falsch.

Das Haus war ein echtes Hexenhaus, und die Mädchen konnten dort ihrem liebsten Hobby nachgehen: dem Hexen.

Die alte Frau Schicketanz hatte ihnen das Haus geschenkt. Zusätzlich hatte die weiße Hexe Tinka und Lissi ihren Folfonia-Schlüssel gegeben, der die beiden zu Mitgliedern im Club der Hexen gemacht hatte und dem sie ihre Hexenkraft verdankten.

Lissi war ziemlich sauer, dass sie an diesem Abend nicht in die Kristallgasse gehen durfte.

Frank und Stan wollten bis zu Grits Heimkehr noch mal in den Keller. Dort war ein Raum, dessen Wände mit Eierkartons beklebt waren und in dem die Brüder Musik machten. Ihre Band hatte den klingenden Namen *Hungrige Kannibalen*. Und so war auch ihre Musik. Die Eierkartons dämmten die Lautstärke der Proben ein wenig. Darauf hatte Grit bestanden.

„Nein, bitte bleibt! Ich kann euch hier viel besser gebrauchen", sagte ihr Vater.

„Gebrauchen? Wozu? Sie sind Jungs und daher automatisch ziemlich nutzlos", knurrte Lissi.

Genervt verdrehte Stan die Augen. „Boris, wir müssen proben. Morgen Nachmittag ist unser Auftritt bei *Superband*."

Superband war eine Castingshow für neue Bands. Die Sieger der ersten Staffel hatten einen echten Hit landen können, der Tag und Nacht überall gespielt worden war. Die drei Jungs waren richtige Stars geworden.

Die *Hungrigen Kannibalen* hatten die bisherigen Vorrunden überstanden und waren noch immer dabei.

„Nur noch 15 Bands sind im Rennen. Wenn wir morgen nicht rausfliegen, sind wir im Finale. Ihr könnt uns gern im Fernsehen bewundern", sagte Stan triumphierend in Richtung seiner Schwestern.

Lissi feixte herum. „Wie heißt euer neuer Song? Kannibalen-Magenkrampf?"

Die Brüder ließen sich nicht aus der Ruhe bringen. „Wir sind Winner", erklärte Frank.

Stan nickte. „Genau, wir sind Winner. Andere aber hier sind eher ‚Spinner'."

Damit meinte er natürlich Lissi und Tinka.

Ohne eine Miene zu verziehen, antwortete Tinka schlagfertig: „Gemein von dir, David und Thorsten Spinner zu nennen."

Dieser Punkt ging an sie. Stan und Frank blieb für einen Moment die Spucke weg.

„Am besten tretet ihr im Zirkus als Furzer auf. Eure Songs klingen nämlich so", stichelte Lissi.

David, für den „Furz" zurzeit eins seiner Lieblingswörter war, setzte sofort zu einem neuem Lachtanz an. Boris schnappte ihn sich, bevor die Vase mit den

Sonnenblumen erneut umfallen oder etwas anderes zu Bruch gehen konnte.

„Kinder, bitte, wieso müsst ihr immer streiten? Hört auf, euch zu beschimpfen!"

Lissi spielte die Unschuldige. „Ich streite nicht. Ich beschimpfe auch nicht. Ich sage nur, was Sache ist."

„Seid nicht so kindisch", erwiderte Thorsten.

Lässig fuhr sich Stan über die kunstvoll frisierten Haare. Hochnäsig grinsend, lehnte er sich zurück und verschränkte die Arme vor der Brust.

„Wenn wir die neue Superband sind und die Charts stürmen, werdet ihr winseln und in die Tischkante beißen."

„Sicher nicht. Ich will meine Zähne noch länger behalten", erwiderte Lissi trocken.

Frank gab einen seiner typischen Grunzlaute von sich. Zu Stan sagte er: „Dann werden die mit uns angeben. Wenn sie nett sind, kriegen sie vielleicht sogar ein Autogramm."

„Na klar, sicher!" Lissis Unterlippe begann zu beben. Das war kein gutes Zeichen.

In diesem Moment hätte Tinka sie wohl besser aus dem Zimmer gezogen. Dann wäre den Mädchen eine ganze Menge erspart geblieben. Aber sie tat es nicht und so ging das Pingpong zwischen den Geschwistern weiter.

„Ihr kommt höchstens in die Hitparade der größten Loser", feuerte Lissi zurück.

„Und ihr belegt Platz eins auf der Liste der Mädchen ohne Hirn", platzte Stan heraus.

„Schluss jetzt!", fuhr Boris dazwischen.

Die Haustür wurde aufgesperrt und Grit Schnabel-Meierbeers erleichtertes Aufseufzen war zu hören.

„Endlich zu Hause."

David rannte ihr entgegen, gefolgt von Boris und Thorsten.

Die anderen blieben im Wohnzimmer zurück. Tinka und Lissi und Stan und Frank standen sich gegenüber wie zwei Rugby-Teams vor dem Anpfiff.

„Singt doch!", forderte Frank die Mädchen auf.

„Wieso?", fragte Tinka und ärgerte sich im nächsten Moment darüber.

„Dann haben wir im Haus sicher kein Ungeziefer mehr. Die fliehen nämlich alle!"

„Sehr witzig", zischte Lissi.

Stan grinste breit. „Finde ich auch. Echt witzig."

„Ihr werdet vor uns auf dem Boden kriechen und heulen, wenn WIR in die Charts kommen", sagte Lissi, was Tinka überrascht nach Luft schnappen ließ.

„Hör auf", raunte sie ihr zu.

Aber Lissi war nicht mehr zu bremsen. „Wir werden schaffen, wovon ihr nur träumen könnt."

„Nicht!", drängte Tinka.

Was war mit Lissi auf einmal los? Sie konnten doch überhaupt nicht singen. Außerdem gefiel Tinka Lissis Tonfall gar nicht. Warum lächelte ihre Schwester so dünn und schief? In ihren Augen funkelte etwas Teuflisches, das Tinka beunruhigte. Sie musste Lissi schnellstens auf den Zahn fühlen. Dazu blieb aber keine Gelegenheit, da Grit das Zimmer betrat.

Spinner und Winner

„Pizza ist der Hauptgrund, warum so viele Leute einen Bauch vor sich herschieben, der das Gewicht von zwei voll gepackten Koffern hat." Thorsten gab diese Weisheit von sich und biss herzhaft von seiner Pizza Peperoni ab.

Boris ließ sein Stück sinken und betrachtete es, als hätte es auf einmal Arme wie ein Oktopus. Danach tastete er über die Rundung unter seinem Pullover.

„Thorsten, bitte!" Grit säbelte sich ein Stückchen Pizza mit Rucola-Salat ab und schüttelte tadelnd den Kopf. „Könntest du bitte deine Weisheiten ausnahmsweise mal für dich behalten? Meinst du, das geht?"

„Niemals!", antwortete Stan an Thorstens Stelle. „Er wird platzen."

„Ekelig!" Tinka schüttelte sich bei der Vorstellung, Stücke von Thorsten würden an der Wand kleben und langsam herunterrutschen.

„Warum hast du uns heute verdonnert, hier zu sein?“, wollte Lissi endlich wissen.

Ihre Stiefmutter holte tief Luft. „Morgen wird uns jemand eine sehr, sehr große Ehre erweisen. Damit es aber auch wirklich eine Ehre wird und nichts schiefläuft, möchte ich heute alles mit euch besprechen.“

„Eine Ehre?“ David wiederholte das Wort, als würde es sich dabei um einen Zombie handeln.

„Mein alter Schulkamerad Dirk wird einen Bericht über uns für die Zeitung schreiben.“

„Das nenne ich wirklich eine große Ehre“, lobte Boris strahlend.

„Einmal im Monat stellt Dirk eine besondere Familie vor. Beim letzten Mal war es die Familie von einem dieser Jungen, die im Fernsehen bei dem Band-Wettbewerb gewonnen haben.“

Frank grölte los. „Dann ist es diesmal fast das Gleiche. Wir sind nämlich die nächsten Winner.“

„Spinner“, knurrte Lissi.

„Aus!“, fuhr Grit energisch dazwischen. „Ich bitte euch inständig, ausnahmsweise mal freundlich zueinander zu sein. Dirk soll bei seinem Besuch merken, dass wir eine besonders tolle Familie sind, in der alle nett miteinander umgehen.“

„Das heißt, wir dürfen den Jungs nicht die üblichen Tritte in den Hintern verpassen?“, fragte Lissi und fügte herausfordernd hinzu: „Die brauchen sie nämlich. Täglich."

Frank und Stan schnitten Grimassen. David machte sofort mit und spuckte dabei jede Menge Pizza quer über den Tisch.

Thorsten erklärte mit todernster Miene: „Es ist wissenschaftlich erwiesen, dass Mädchen, die ohne Brüder aufwachsen, eine wesentlich geringere Intelligenz haben und später im Leben weit zurückbleiben."

Tinka nickte zufrieden. „Dann müssen Lissi und ich ja die absoluten Intelligenzbestien sein. Wir haben gleich vier Brüder. Ich werde sicher Präsidentin und Lissi Professorin."

So hatte Thorsten das natürlich nicht gemeint, aber bevor er zu einer Antwort ansetzen konnte, sagte Grit laut und deutlich: „Aus! Ihr werdet jetzt einmal so sein, wie die Kinder in den Fernsehserien, die ihr euch immer anseht."

„So wie die Frankenstein-Kids?", wollte David begeistert wissen. „Einer ist ein Vampir und saugt Blut."

Grit machte ein Gesicht, als würde sie im nächsten Moment losheulen.

Thorsten schlug auf den Tisch. „Wir sollten wirklich mehr Rücksicht auf Grit nehmen. Sonst bekommt sie noch eine Krise. Das passiert mehr als 22 Prozent aller Mütter."

David riss besorgt die Augen auf.

„Kann sie mir dann keine Geschichte mehr vorlesen?"

„Nichts kochen, nichts waschen und so? Müssen wir dann vielleicht auch noch putzen?" Diese Vorstellungen jagten Frank und Stan eine Gänsehaut über die Arme.

Schlagartig waren alle ruhig und aufmerksam.

„Ich möchte einen Artikel über uns lesen, auf den man stolz sein kann", fuhr Grit fort.

Boris fiel noch etwas ein. „Ein solcher Bericht in der Zeitung könnte hilfreich für mich sein. Er wird noch mehr Patienten auf meine Praxis aufmerksam machen. Ehrlich gesagt kann ich ein paar mehr gut gebrauchen."

Grit streichelte ihm über die Hand. „Dirk ist ein sehr lieber, alter Freund und wird sicher eine wunderbare Geschichte schreiben. Er kommt morgen um zehn Uhr. Das Reden werde ich übernehmen. Alle ziehen bitte etwas Ordentliches an, sind geduscht und haben die Haare gewaschen." Sie blickte in Franks Richtung, der meistens aussah, als hätte er in seinen Klamotten geschlafen. Seine Haare wirkten oft, als hätte er sie mit Butter bearbeitet.

Sofort bekam Grit zustimmendes Nicken von allen Seiten, was sie wieder tief seufzen ließ. Diesmal vor Erleichterung.

Später lagen Tinka und Lissi in ihrem Zimmer in den Betten. Das heißt, eigentlich lag nur Tinka in einem Bett, das sie sich mit unzähligen Kuscheltieren teilte. Lissi schaukelte in einer Hängematte auf der anderen Seite des Zimmers.

Die Mädchen hatten das Licht abgedreht, wollten aber noch nicht schlafen.

„Wie hast du das gemeint mit den Charts?", fragte Tinka leise.

„Dort landen wir. Auf Platz eins", antwortete Lissi voller Überzeugung.

„Aber wie soll das gehen? Wir haben keine Band und keine Songs. Kannst du komponieren? Oder Songtexte schreiben?"

„Wenn die Jungs das können, dann schaffe ich das auch."

Irgendetwas machte Tinka misstrauisch.

„Wieso bist du da so … so … sicher?", forschte sie nach.

Pause.

Von draußen kam das Rauschen des Rasensprengers, der die Wiese und die Beete bewässerte. Ein paar Vögel zwitscherten müde.

„Was sind wir heute? Eine Bohrmaschine?", brauste Lissi auf. „Du solltest dich beim Straßenbau anstellen lassen. Ich wette, die nehmen dich sogar als Pressluft-hammer."

Damit war klar, dass Lissi nichts mehr sagen würde. Tinka kannte ihre Schwester.

Leider stand damit auch fest, dass Lissi etwas vor ihr verheimlichte. Was führte sie nur wieder im Schilde? Etwas Verbotenes?

Irgendwie beunruhigend. Aber irgendwie auch Lis-sis Sache. Tinka war nicht ihre Aufpasserin.

Oder doch?

Streiche-Meister

Am nächsten Morgen wurde Tinka schon sehr früh wach. Sie ärgerte sich darüber und wälzte sich unruhig hin und her. Sie hatte einmal in einer Zeitschrift gelesen, dass der Schlaf in der Früh für die Schönheit am wichtigsten war. Heute musste sie doch unbedingt gut aussehen, für das Foto für die Zeitung. Schließlich würde es die gesamte Schule sehen!

Der Grund für Tinkas frühes Aufwachen war einfach: Noch immer nagte die Unruhe über Lissi an ihr.

„Lissi?", fragte sie leise in Richtung der Hängematte.

Unter der Decke zeichneten sich Lissis Umrisse ab. Wie üblich schnarchte sie ein bisschen.

Tinka wusste aus Erfahrung, dass es fast unmöglich war, Lissi jetzt aufzuwecken. Selbst das Abfeuern einer Kanone hätte wenig Wirkung.

Allerdings fiel Tinka eine andere von Lissis Eigenschaften ein. Diese könnte ihr durchaus nützlich sein.

Tinka glitt unter ihrer Bettdecke heraus und schlich barfuß durch das Zimmer hinüber zu Lissi. Während Tinkas Zimmerhälfte in Weiß mit einem Hauch von Rosa gehalten war, erinnerte Lissis Hälfte an eine Hütte in einem Safaripark. Tinkas Blick schweifte über Lissis Kakteen und anschließend über ihre Sammlung seltsamster Hüte. Dazwischen stand in einem silbernen Rahmen das Bild einer lächelnden Frau, die eine viel jüngere Lissi im Arm hielt.

Es war Lissis Mutter, die vor einigen Jahren verstorben war.

Die Hängematte schaukelte und ein Schnarchen und Schmatzen war zu hören.

„Was gibt es denn Neues bei dir?", fragte Tinka mit schmeichelweicher Stimme. Sie fand, sie hörte sich an wie ein Hypnotiseur. „Wie willst du denn in die Charts kommen? Du kannst nicht einfach Stan und Frank etwas Böses anhexen und uns etwas Gutes, das weißt du doch. Also wie willst du es anstellen?"

Es war wichtig, jetzt nur nicht in der üblichen Stimme zu reden, die Lissi kannte. Daher säuselte und trällerte Tinka weiter auf Lissi ein.

Leider schien es nicht zu klappen. Manchmal redete Lissi im Schlaf. Tinka war es schon gelungen, sie dazu zu bringen, Geheimnisse auszuplaudern. An diesem Morgen aber war sie verschlossen wie eine Auster.

Trotzdem gab Tinka nicht auf. „Du hast da ein kleines Geheimnis, nicht wahr?“

„Zebbelin“, hörte sie Lissi murmeln.

„Was?“

Nichts mehr. Lissi atmete ruhig und tief.

„Meinst du Zeppelin?“

„Zebbelin.“ Tinka lüpfte die Decke, um Lissis Gesicht zu sehen.

„Wer ist Zebbelin?“

„Zebbelin macht Hexen froh!“

„Was?“ Tinka verstand nur Bahnhof. „Was ist mit diesem Zebbelin? Kennst du den?“

Da schlug Lissi die Augen auf. Als sie Tinka über sich sah, rollte sie sich mit einem Ruck aus ihrer Hängematte und ließ sich auf den Boden plumpsen.

„Willst du etwa, dass ich einen Schock bekomme?“, brauste sie auf. „Du kannst mich doch nicht so anstarren.“

„So schlimm siehst du nicht aus“, begann Tinka, wurde aber sofort von Lissi unterbrochen.

„Ich rede von dir! Schau besser nicht in den Spiegel. Sonst bekommt er einen Sprung.“

Dieser Satz verfehlte seine Wirkung nicht. Blitzschnell raste Tinka in das kleine Bad der Mädchen. Sie hatte geahnt und befürchtet, dass ihr der Schönheitsschlaf fehlen würde.

Lissi war noch nicht richtig munter. Vage erinnerte sie sich daran, dass Tinka ihr bohrende Fragen gestellt hatte. War das gestern gewesen? Oder gerade eben?

Unter keinen Umständen wollte Lissi ihr Geheimnis mit Tinka teilen. Tinka hätte bestimmt wieder tausend Einwände. Darauf konnte Lissi verzichten.

„Wirklich sehr nett, dass du über meine Familie berichtest", schwärmte Grit, die im Wohnzimmer stand.

Dirk war gerade dabei, seine Kamera für das Familienfoto einzurichten. Er hatte sie auf einem Stativ befestigt.

„Als du mir beim Klassentreffen von deiner Familie erzählt hast, wusste ich sofort, dass eine Geschichte über euch unseren Leserinnen und Lesern gefallen würde", sagte Dirk. „Zwei halbe Familien, beide irgendwie traurig wegen einer verstorbenen Mutter und eines Vaters, der einfach gegangen ist, werden zu einer neuen Großfamilie. Zwei Mädchen, vier Jungs und glückliche Eltern."

„Ja, genau so ist es!", strahlte Grit.

„Die Story ist super!" Dirk machte sich nebenbei ein paar Notizen auf einem kleinen Block und steckte ihn wieder ein.

Grit lächelte verlegen. „WIR in der Zeitung. Das ist so aufregend."

„Ab morgen kennt euch jeder!“

Das wäre natürlich nicht nur Werbung für Boris' Praxis, sondern auch für meinen Blumenladen, dachte Grit freudig. Um ihr Können zu zeigen, wollte sie unbedingt den großen bunten Strauß Sommerblumen mit auf dem Bild haben. Sie hatte ihn gestern Abend liebevoll gebunden und anschließend aus dem Laden mitgebracht. Schnell entschuldigte sie sich, um ihn aus der Küche zu holen.

Suchend sah sich Dirk um. Er betrachtete die Familienfotos auf dem Buchregal und zog nachdenklich die Augenbrauen zusammen. „Die Story braucht ein bisschen mehr Fleisch“, murmelte er vor sich hin.

In diesem Moment kamen Frank und Stan durch die Tür.

„Hi!“, grüßten sie.

„Ihr seid sicher David und Thorsten!“

„Nein, Frank und Stan!“

„Tut mir leid wegen der Namen. Aber ihr seid so viele. Da verliert man schnell den Überblick“, sagte Dirk entschuldigend. Stan inspizierte die Kamera.

„Nutzen wir die Zeit. Habt ihr ein paar lustige Storys über euch für mich? Was geht denn hier so ab bei den Schnabel-Meierbeers?“, fragte Dirk locker.

Frank zuckte mit den Schultern. „Chaos. Krach. Das Übliche …“

Dirk rieb sich über die Nase. „Anders gefragt: Ihr habt doch zwei Schwestern. Nerven die euch? Oder macht ihr denen die Hölle heiß?“

Stans Augen leuchteten auf. „He, ja, darin sind wir die Kings! Letzte Woche zum Beispiel haben wir die Rasensprenger rund um Tinka aufgestellt, als sie im Liegestuhl im Garten gelegen hat.“

„War eingepennt“, fügte Frank grinsend hinzu.

„Dann haben wir sie alle gleichzeitig aufgedreht. Unser Schwesterchen hat eine eiskalte Dusche abbekommen.“ Die Jungs schüttelten sich vor Lachen. „Sie hätten sie sehen sollen. Tinka ist herumgesprungen wie eine Ziege.“

„Oder zu Lissis Geburtstag, da haben wir Reißnägel an die Tür geklebt und jede Menge Luftballons dahinter verstaut“, fuhr Frank fort.

Stan zückte sein Handy und suchte ein paar Fotos, auf denen eine Lissi zu sehen war, die erschrocken wilde Grimassen schnitt.

„Hat ein bisschen geknallt, als Schwesterchen die Tür aufgestoßen hat“, sagte Stan lässig.

„Kompliment. Ihr zwei seid ja Streiche-Meister!“, meinte Dirk anerkennend.

Die Jungs versuchten sich nun gegenseitig darin zu übertrumpfen, was sie den Mädchen sonst noch alles angetan hatten. Als Letztes erzählten sie von den

Shampooflaschen, in die sie Haarfarbe gefüllt hatten. Auf einmal hatte Lissis Lockenkopf den totalen Rotstich gehabt, während Tinkas Blondhaar blau geleuchtet hatte.

„Ich habe mich geirrt", stellte Dirk fest.

Stan und Frank blickten sich fragend an.

„Ihr seid keine Streiche-Meister. Sondern Streiche-WELTmeister!!!"

Ausgelassen lachten alle drei, und Dirk klopfte den beiden Jungs anerkennend auf die Schultern.

Grit kehrte mit dem Blumenstrauß zurück und positionierte ihn malerisch auf einem hohen Tischchen. Boris erschien im schicken Hemd, David mit seinem ferngesteuerten Auto unter dem Arm, Thorsten mit einer Frisur, für die er eine halbe Tube Haargel verwendet haben musste. Auch Lissi und Tinka kamen und gaben sich betont locker.

Aufgeregt lächelnd, stellte Grit alle einander vor. Dann forderte Dirk die Schnabel-Meierbeers auf, sich für das Foto aufzustellen.

„Ich muss gleich wieder los, damit die Geschichte noch in die Sonntagsausgabe kommt. Die hat die meisten Leser!"

David bestand darauf, sein Auto herumfahren zu lassen. Als Thorsten den Fuß darauf stellte, um es zu stoppen, heulte der jüngste Bruder laut los.

„Bitte, keine Tränen!", forderte Dirk und nahm noch ein paar Einstellungen an der Kamera vor.

Endlich gelang es, David wieder zu beruhigen. Dann bemerkte Grit, dass Stan seitlich stand und nicht nach vorne ins Objektiv blickte.

„Auf der anderen Backe wächst mir gerade ein Pickel. Außerdem sehe ich so mehr nach Denker aus."

„Vergiss es, das nimmt dir sowieso keiner ab", lautete Lissis Kommentar dazu.

„Bitte, könnt ihr alle jetzt eine Pose einnehmen, die zu euch passt? Also seid einfach ganz ihr selbst." Dirk war noch nicht glücklich über das Bild, das er im

Sucher vor sich hatte. Es war noch nicht originell genug. Das Besondere fehlte. „Etwas freundlicher … Spaghetti!“, rief er in der Hoffnung auf ein gutes Foto.

„Affenscheiße!“, kam es da von David.

Grit und Boris lachten verlegen. Dirk drückte ein paar Mal ab, war aber noch immer nicht zufrieden.

Auf einmal strahlte Dirk. Stan und Frank, die hinter den Schwestern standen, hatten ein kleines Hirschgeweih und Teufelshörner hervorzogen. Kurzerhand hielten sie Tinka und Lissi die Faschingshaarreifen über den Kopf. Die Mädchen bemerkten nicht, was hinter ihnen geschah.

Ein paar Klicks und Dirk hatte sein Bild.

„Prächtig! Das wird eine klasse Geschichte!“

Nichts ahnend, war Grit derselben Meinung. Sie platzte vor Stolz über ihre Lieben. Im Großen und Ganzen hatten sich alle ausgezeichnet benommen.

Jedenfalls hatte es von dort, wo sie stand, so ausgesehen.

The Big Murks

Am Nachmittag kamen Tinka und Lissi dann endlich in ihrem Hexenhaus in der Kristallgasse an. Zufrieden blickten sie auf das Schild mit der Aufschrift:

Das Gartentor schwang wie immer von allein auf, als sie ihm einen freundlichen Gedanken sendeten. Tinka bildete sich ein, im Quietschen die Frage „So spääät?" zu hören. Auch die Zaunlatten, die die Formen von Katzen hatten, schienen ungehalten zu miauen.

Als sie über den Kiesweg zum Haus gingen, streckte ein Baum seinen Ast herunter und verstrubbelte ihnen die Haare. Hier hatte alles sein Eigenleben.

Das Hexenhaus stand da wie immer: klein, fein, mit einem Dach, das an eine dicke Pudelmütze erinnerte.

Die kirschrote Eingangstür öffnete sich ebenfalls von selbst, und in der Diele begannen die Kristalle, begrüßend zu blinken.

„He da,
guck mal an,
wer da,
Mannomann?"

Der schräge Reim kam von einem Spiegel, den die Mädchen vor einiger Zeit hinter dem großen Sofa im Wohnzimmer entdeckt hatten. Er lehnte dort an der Wand. Obwohl sie gedacht hatten, alles im Haus genauestens erforscht zu haben, war er ihnen lange Zeit entgangen. Er war ein bisschen kleiner als der Spiegel, in dem Frau Schicketanz schon manchmal erschienen war, wenn die Mädchen sie gebraucht hatten. Sein Rahmen war ähnlich verziert wie der im Badezimmer, zwar nicht mit pausbäckigen Gesichtern, aber mit Mündern. Über diesen neuen Spiegel hatte die weiße Hexe, als sie den Mädchen das Haus geschenkt hatte, kein Wort verloren.

Da er Tinka und Lissi gefiel und wunderbar zu den anderen verhexten Einrichtungsgegenständen passte, hatten sie ihn an die Wand gehängt.

„Hast du Hausaufgaben?", wollte Tinka von Lissi wissen.

„Nö."

„Ich auch nicht. Was sollen wir machen?"

„Einfach herumhängen und chillen", war die Antwort.

„Ich dachte, wir könnten versuchen, wirklich einen Song zu schreiben", begann Tinka vorsichtig. Sie wollte unbedingt mehr über diesen Zebbelin herausbekommen, ohne aber zu direkt zu fragen.

„Wenn's dir Spaß macht, nur zu!" Lissi schien wenig angetan.

„Wenn wir in die Hitparade wollen, brauchen wir einen Song", gab Tinka zu bedenken.

„Hm." Mehr kam von Lissi nicht.

„Ich habe keine Ahnung, wie wir einen Song richtig aufnehmen könnten. Wir brauchen doch einen Musikproduzenten, der ihn rausbringt, oder?"

„Hm."

Lissi spazierte zum Nebelloch in der Küche. Sie stellte sich davor, spreizte Daumen und kleine Finger und tippte sie fest aneinander, als würde sie auf diese Weise klatschen. Sie führten einen Hexenklatsch aus, um sich etwas zu zaubern. Schon schob sich eine Schale mit Schokoeiscreme und Popcorn darauf aus dem wallenden Nebel. Es war Lissis neue Lieblingssorte, die sie selbst erfunden hatte.

„Los, hex dir auch was zu futtern. Allein ist es langweilig."

Tinka betastete den kleinen Speckbauch an ihrem Hosenbund. Mit einem Hexenklatsch holte sie sich einen Fruchtsalat mit einem Klacks Schlagsahne und einer Essiggurke obendrauf.

Noch immer fühlte sie sich an Lissis Seite ein klein wenig unwohl. Grund dafür war dieser Zebbelin. Lissi verheimlichte ihr etwas und das ärgerte Tinka.

Wieso machte sie das?

Die Schwestern legten sich im Garten unter die Bäume auf Liegestühle, die sie sich gehext hatten. Schweigend löffelten sie Eis und Fruchtsalat.

„Wie wäre es mit einem Love-Song?", schlug Tinka vor.

„Kitsch."

„Hast du einen besseren Vorschlag?"

Lissis patzige Art konnte manchmal echt nerven, fand Tinka.

„Was Wildes. Was Schräges."

„Was soll das sein?"

„Irgendwie so was mit … mit …", Lissi sah sich um, „… Schlagsahne mit Essiggurken."

„Das meinst du nicht im Ernst?"

„Wieso nicht? Kennst du einen Song, der so heißt?"

„Nein."

„Eben. Darum ist es eine Spitzenidee. Außerdem ist sie von mir."

„Schlagsahne mit Essiggurken“, wiederholte Tinka. Sie überlegte. „Was reimt sich auf Gurken?“

„Nix. Ist nicht wichtig.“

„Lissi, so kann man keinen Songtext schreiben“, sagte Tinka. „Ein guter Songtext muss sich reimen. Wir können nicht singen …“ Tinka stimmte eine selbst erfundene Melodie an, die nicht gerade hitverdächtig klang. Dazu trällerte sie:

„Schlagsahne mit Essiggurken
da kann keiner etwas murken …“

Lissi verzog das Gesicht. „Was ist murken?“

„Keine Ahnung!“, brauste Tinka auf. „Ist mir nur so eingefallen. Ein Wort, das ich erfunden habe, weil es sich auf Gurken reimt.“

„Wäre ein netter Spitzname für dich“, meinte Lissi. „Ich werde dich von nun an ‚Murke‘ nennen.“

Tinka verlor nur sehr selten die Beherrschung. Wutausbrüche und Explosionen waren eher Lissis Sache. Nun aber war sie nahe daran, aufzuspringen und Lissi am Kragen zu packen.

Davon bemerkte Lissi nichts. Sie fantasierte weiter vor sich hin: „Oder wir nennen uns als Band ‚The Big Murks‘.“

„Nein! Sicher nicht!“ Vor Wut schleuderte Tinka ihren Löffel quer durch den Garten. Eine Katze miaute empört auf. Zu sehen war aber keine.

„Cosimo, entschuldige bitte!“, rief Tinka und lief zu der Stelle, wo der Löffel ins Gras gefallen war. Sie hockte sich hin und streichelte den unsichtbaren Kater, der mit ihnen im Hexenhaus lebte. Es dauerte nicht lange und er schnurrte zufrieden.

„Du könntest bei den Weltmeisterschaften im Löffel-Weitwerfen antreten“, stichelte Lissi.

„Und du bist schon Weltmeisterin im Rumätzen!“, gab Tinka zurück.

„Weltmeisterin ist immer gut!“ Lissi ließ sich nicht aus der Ruhe bringen. „Wir kriegen schon was hin. Lass mich nur machen!“ Grinsend löffelte sie das Eis mit dem Popcorn in sich hinein.

Tinkas Unbehagen wurde immer größer und größer. Was war nur mit ihrer Hexenschwester los?

„He!“

Lissis Wuschelkopf sauste vom Sofa in die Höhe. Die Schwestern hatten es sich im Haus bequem gemacht, nachdem unerwartet dunkle Wolken aufgezogen waren und es zu regnen begonnen hatte. Tinka las ein Buch mit dem klingenden Titel „Ich bin ein Star, das ist doch klar!“ und Lissi hatte ein kurzes Nickerchen gehalten.

„Guten Morgen. Willkommen zurück bei den Lebenden“, grüßte Tinka.

„He! Um wie viel Uhr ist diese letzte Runde von *Superband* heute?“ Lissi drehte sich zu Tinka. „Ich will da hin. Muss Stan und Franks Auftritt sehen.“

Tinka versuchte, sich zu erinnern. „Ich glaube, so um fünf Uhr.“

Von der Wand kam eine Stimme, die nach einem Showmaster im Fernsehen klang:

„He, Girls! Fragt den Spiegel nur!
Fragt mich: He, komm sag, um wie viel Uhr
steigt die Show?
O yeaaah, o-ho!“

Lissi sprang vom Sofa und stellte sich vor den Spiegel. „Sag schon, oder hast du Lust auf einen Sprung in der Scheibe?“

„So brutal
welche Qual
schnell ein Kuss
sonst ist Schluss.“

„Du hast wohl schon mehrere Sprünge“, schimpfte Lissi.

Tinka schob sie zur Seite und hauchte dem ovalen Spiegel ein Küsschen auf das kalte Glas.

„Wenn ich dich seh'
Kuschelfee,
bin ich ganz
voller Glanz!“

„Hör auf mit dem Reimen! Sag endlich, wann die Show steigt. Oder weißt du es gar nicht?“

„Schlag fünf Uhr,
aber nur
mit Karte,
du Schwarte.“

Lissi drohte dem Spiegel mit der Faust, was ihn aber wenig beeindruckte. Die vielen kleinen Münder auf dem Rahmen grinsten alle schief und lachten tief.

„Es ist zehn vor fünf, und wir haben keine Eintrittskarten. Also fällt die Show für uns aus“, schloss Tinka.

Lissi sah das anders. „Wozu können wir hexen? Wir hexen uns hin. Dauert nur Sekunden.“

„Aber wie kommen wir rein?“

Auch darin konnte Lissi kein Problem erkennen. „Wir hexen einfach, ist doch klar!“

Es war ihr ernst, und Tinka wollte mitkommen. Vorher musste sich Tinka aber noch schnell ein anderes Top anziehen und ihre Haare bürsten. Sonst hätte sie das Haus nicht verlassen können. Immer zwei Stufen auf einmal nehmend, lief sie in den ersten Stock, wo sich das Schlafzimmer der Mädchen befand, an das ein zauberhaftes Bad anschloss. Hastig wechselte sie ihr Oberteil und kämmte ihr blondes Haar. Als sie die Treppe wieder herunterkam, beobachtete sie Lissi, die sehr nahe vor dem Spiegel stand und flüsterte.

„Was tust du da?", fragte Tinka laut.

Ertappt fuhr Lissi herum.

„Nix."

„Du hast mit dem Spiegel geflüstert."

„Ich habe nur kontrolliert, ob ich auch wirklich umwerfend schön bin."

Das ließ Tinka nicht gelten. „Wieso hast du dann dein Ohr an den Spiegel gepresst und nicht hineingeschaut?"

„Soll das ein Verhör wie auf dem Polizeirevier werden?" Lissi blieb ihrer Schwester eine Erklärung schuldig und hob die Hände zum Hexenklatsch. „Wir müssen in die Flieger-Halle. Haupteingang."

„Bist du sicher?" Tinka stellte sich neben sie.

„Ich schlage vor, wir landen hinter der Ecke der Halle", fuhr Lissi fort. Diese Anweisung war wichtig, denn die Hexen mussten sich den Ort vorsagen und vorstellen. Dazu schlossen sie die Augen. Der Hexenklatsch fiel kräftig aus, da die Flieger-Halle am anderen Ende der Stadt lag und sie mit Hochgeschwindigkeit hinkommen wollten.

Das Von-Ort-zu-Ort-Hexen war eine der besten Hexereien, die Tinka und Lissi gelernt hatten. Es fühlte sich so an, als würden unsichtbare Hände sie in rasendem Tempo durch die Luft schieben. An diesem Samstag war der Flug besonders rasant. Nur Lissi wagte einen kurzen Blick in die Tiefe, wo sie die Dächer der Häuser vorbeizischen sah. Tinka hielt die Augen lieber fest geschlossen.

Die Landung war ziemlich hart. Beide Mädchen stolperten noch ein paar Schritte weiter. Lissi stieß gegen eine Wand, Tinka gegen einen Turm Müllsäcke.

„Igitt, hoffentlich stinke ich jetzt nicht!“, jammerte sie.

Ihr Landeplatz um die Ecke des Haupteingangs war nicht ideal gewählt.

„Reg dich ab! Wir hätten auch auf einem Misthaufen landen können“, meinte Lissi.

„Hier gibt es doch keinen Misthaufen. Wir sind mitten in der Stadt und nicht auf einem Bauernhof“, maulte Tinka.

Lissi machte eine wegwerfende Handbewegung und marschierte los. Tinka folgte ihr, während sie sich den Staub vom T-Shirt klopfte.

Als sie um die Ecke bogen, blieben sie gleichzeitig stehen.

„Grün karierte Hühnerkacke!“, entfuhr es Lissi.

Mädchenband gesucht

Vor dem Eingang herrschte gewaltiges Gedränge. Mehrere Grüppchen von Mädchen standen dort mit Transparenten in den Händen. Zum Teil waren es bemalte Leintücher oder große Plakate aus Karton, auf denen mehr oder weniger sinnige Sprüche standen:

FLOFOS SINGT SIEGER!

BIG STEP ONE -
WIR LIEBEN EUCH!

MARMELADOS, IHR SEID SÜSS!

„Kitsch“, knurrte Lissi.

Links und rechts vom Eingangstor hatten sich zwei bullige Sicherheitsleute in schwarzen Hosen und schwarzen Hemden aufgebaut. Sie kontrollierten die Eintrittskarten der Besucher. Immer wieder schickten sie welche weg.

„Die haben keine Tickets", erkannte Tinka.

„Hm", machte Lissi.

„Wir haben auch keine", erinnerte sie ihre Schwester.

„Hm!" Wieder reagierte Lissi einsilbig. Sie zog die Nase hoch, streckte das Kinn energisch vor und setzte sich in Bewegung.

„Nein, ich gehe nicht mit", beschloss Tinka. Sie würde es unerträglich peinlich finden, von den Securitys abgewiesen zu werden. Vielleicht standen andere Mädchen aus ihrer Schule vor dem Eingang und erkannten sie. Diese Blamage würde sie sich nicht antun.

Lieber wartete sie an der Ecke auf Lissis Rückkehr. Es würde bestimmt nicht lange dauern. Sie hätten überhaupt nicht herkommen sollen.

Lissi schob sich durch das Gedränge der Fans, die alle keine Eintrittskarten hatten und ihre Lieblingsbands nur vor der Halle anfeuern konnten. Ein riesiger Bildschirm war extra hier draußen aufgehängt worden, damit alle die Show verfolgen konnten. Dort würden Tinka und Lissi natürlich auch ihre Brüder sehen können.

Frech, wie es eben so ihre Art war, stieg Lissi die Stufen zum breiten Tor hinauf. Es war schon drei Minuten vor fünf Uhr. Neben ihr hetzte ein Mann die Treppe nach oben.

Vor dem Tor begegneten sie einander. Einer der Wachleute streckte den Arm vor, um Lissi aufzuhalten. Sie redete mit ihm, doch sein kantiges Gesicht blieb hart wie Beton.

Natürlich würde er Lissi wieder wegschicken, genauso wie es Tinka erwartet hatte.

Aus der Menge rief ein Mädchen: „He, Lissi, ohne Karte keine Chance. Auch für dich nicht!"

Puh! Tinka war erleichtert, dass ihr das erspart geblieben war.

Aber Lissi gab nicht auf und redete weiter auf den Mann des Sicherheitsdienstes ein. Was sagte sie ihm? Wie versuchte sie ihn zu überreden?

Tinka tippte sich an ihr rechtes Ohr und machte einen leichten Hexenklatsch.

„Hören wie ein Luchs“, sagte sie leise.

Schon war ihr Gehör so fein, dass sie jedes Wort verstehen konnte, das am Eingang gesprochen wurde.

„... unsere Brüder sind gleich dran. Wir müssen sehen, ob sie untergehen“, sagte Lissi. Natürlich interessierte das den Wachmann nicht die Bohne.

Der gehetzte Mann, der eine Eintrittskarte umständlich aus der Tasche seines karierten Jacketts gekramt hatte, drehte sich zu Lissi um.

„Das ist das Originellste, das ich jemals an einem Ort wie diesem gehört habe.“ Er musste herzlich lachen und wühlte weiter in seiner anderen Tasche.

Es war nicht zu fassen. Umständlich zog er noch eine Karte heraus und reichte sie Lissi. „Bitte sehr, viel Spaß mit deinen Titanic-Brüdern.“

„Haben Sie vielleicht noch eine Eintrittskarte in Ihrer Wundertasche? Für meine Schwester?!“

Der Mann lachte noch lauter. „Na, du weißt aber, was du willst. Gefällt mir, muss ich sagen. Ich hab noch eine Karte. Meine Gäste haben nämlich Muscheln gegessen und sind krank geworden.“

Lissi drehte sich um und winkte Tinka herbei. Sie konnte es nicht fassen, wie Lissi das mal wieder hingekriegt hatte, und bahnte sich ihren Weg durch die Fans. Schnell drückte der Mann Lissi die zweite Karte in die Hand und verschwand im Gebäude. Nur Sekunden später folgten die Schwestern ihm.

Ihre Plätze waren in der dritten Reihe. Der Mann in dem karierten Jackett hatte sich schon gesetzt und nickte Tinka zu.

Über der Bühne hing eine riesige Leinwand und aus hohen Lautsprechertürmen donnerte Musik. Ein Moderator kam gelaufen und begrüßte das Publikum mit übertriebener Begeisterung. Er stellte die vier Juroren vor, die erhöht in tiefen roten Sesseln saßen.

In der Halle mussten einige Tausend Menschen sein. Sie grölten und applaudierten bei jeder Gelegenheit. Die Stimmung war super.

Auch hier gab es Fangruppen mit riesigen Postern und Bannern. Bunte Scheinwerfer drehten sich. Nebelschwaden zogen über der Bühne auf. Die Show begann und Gruppe nach Gruppe trat auf.

War eine Nummer beendet, wurden die Juroren um ihre Meinung gebeten. Nur ganz selten waren sich die beiden Männer und die zwei Frauen einig. Ihre Kritiken hingegen hatten alle etwas gemeinsam: Sie waren ziemlich hart. Einige der jungen Musiker nickten zwar tapfer, während sie sich die Kommentare anhören mussten, waren aber sichtlich geknickt.

Dann kamen Stan und Frank lässig auf die Bühne geschlurft, die Instrumente über den Schultern. Mit dabei waren natürlich auch die anderen drei Band-Kollegen, die sich ebenfalls bemüht locker und gleichgültig gaben. Lässig schlenderten sie zu den Mikrofonen, als wären sie unterwegs zum Schulklo und nicht auf einer Fernsehbühne.

Der Song hatte den Titel: „Sister Horror“ und Lissi und Tinka fühlten sich sofort angesprochen. Die Nummer war allerdings, das mussten sie zugeben, nicht übel. Als die letzten Töne verklangen, tobten die Zuschauer. Diesmal wurden zahlreiche Banner über die

Reihen gespannt, auf denen alles Mögliche für die *Hungrigen Kannibalen* stand: Von Anfeuerung bis zur Liebeserklärung.

Der Mann im karierten Jackett beugte sich zu Tinka und Lissi. „Sind das eure Brüder?"

„Leider, ja", antwortete Lissi.

„Sie sind richtig gut."

„Wir sind besser, Tinka und ich", platzte Lissi heraus.

Tinka hätte am liebsten Lissis Satz wieder zurück in ihren Mund gehext. Was sollte das? Warum musste sie so angeben? Es war noch nicht mal wahr. Sie hatten weder einen Song, noch konnte Lissi besonders gut singen. Tinka selbst hatte eine ganz gute Stimme.

„Eine Mädchenband? Davon brauchen wir ohnehin eine", sagte der Mann.

Mittlerweile hatten die Juroren begonnen, den Auftritt der Brüder zu besprechen. Stimmten sie dafür, dass die *Hungrigen Kannibalen* in die nächste Runde kommen sollten, mussten sie eine grüne Tafel nach oben halten.

Die erste aber war gleich rot.

„Volle Pleite, wirst schon sehen", rief Lissi Tinka ins Ohr.

Die Meinung des zweiten Jurymitglieds war positiv. Das dritte Schild war ebenfalls grün. Der vierte Juror war der strengste von allen. Er zerlegte den Song und die Band in alle Einzelteile. Doch am Ende erklärte er, dass die *Kannibalen* von ihm aus auch aufsteigen konnten.

Wieder tobte die Halle.

Allerdings musste auch noch das Fernsehpublikum für die Band stimmen.

Nachdem noch drei weitere Bands aufgetreten waren, hatten Tinka und Lissi ein Klingeln in den Ohren. Sie saßen sehr nahe an den Lautsprechern. Der Moderator bekam von einem Assistenten einen Umschlag mit den Namen der Aufsteiger, die die Fernsehzuschauer per Telefon und SMS gewählt hatten.

Alle Bands standen im Halbkreis auf der Bühne. Die Nervosität war ihnen anzumerken.

Schließlich waren sieben Bandnamen genannt worden. Es gab nur noch einen Platz im Finale. Acht Bands warteten voller Spannung, wer ihn bekam. Eine davon waren die *Hungrigen Kannibalen*.

Der Moderator genoss es, alle zappeln zu lassen und das Nennen des Namens hinauszuzögern. Endlich verkündete er den letzten Gewinner.

Es waren die *Hungrigen Kannibalen*!

Das Publikum jubelte ausgelassen.

Lissi schaute grübelnd zu ihren Brüdern. Tinka klatschte.

Danach war die Show schnell zu Ende. Das Finale sollte in einer Woche stattfinden.

Die Handys der Mädchen klingelten. Grit rief an, um ihnen von Stan und Franks Sieg zu berichten. Boris und Grit hatten alles zu Hause im Fernsehen verfolgt.

Auf dem Weg nach draußen starrte Lissi nachdenklich vor sich hin. Sie und Tinka ließen sich vom Strom der Menschen langsam durch den breiten Gang zum Ausgang schieben.

„He, ihr zwei!“, rief der Mann, der ihnen die Karten geschenkt hatte. „War das vorhin ernst mit eurer eigenen Band?“

„Ja!“, antwortete Lissi.

„Nein“, sagte Tinka gleichzeitig.

„JA!“, wiederholte Lissi laut.

„Kann ich euch irgendwie erreichen? Ich würde mir gern einmal anhören, was ihr so draufhabt.“

„Klar!“ Lissi tat, als wäre es das Selbstverständlichste auf der Welt.

Vor der Halle suchten sie sich auf dem Parkplatz einen etwas ruhigeren Ort. Dort gab Lissi dem Mann ihre Handynummer. Tinka wollte sie mehrere Male daran hindern, aber Lissi wedelte sie nur ungehalten weg.

„Tut mir leid, ich habe mich gar nicht richtig vorgestellt.“ Der Mann gab den beiden eine Visitenkarte.

stand darauf.

„Natürlich spreche ich gerne mit euren Eltern. Sie sollen sich keine Sorgen machen."

„Das wäre sicherlich gut", meinte Tinka. „Aber was ich nicht verstehe: Wieso interessieren Sie sich überhaupt so für unsere Band?"

Herr Feierabend seufzte: „Nächste Woche soll eine Überraschungsband im Finale auftreten. Da wir fast nur Jungs auf der Bühne haben, will der Fernsehsender gern eine Mädchenband haben. Aber wir konnten noch keine gute finden."

Lissis Augen leuchteten auf. „Sie haben die beste vor sich."

Was redete sie da? Tinka wand sich wie ein Wurm am Haken, traute sich aber nicht, ihrer Schwester zu widersprechen.

„Die Mädchenband kommt dann direkt ins Finale und könnte auch gewinnen. Für euch würde das bedeuten, ihr tretet gegen eure Brüder an. Das würde den Typen vom Fernsehen sicherlich gut gefallen. Ist ein guter Aufhänger. Könnte das Salz in der Suppe sein."

„Uns gefällt das auch", erklärte Lissi.

„Könnt ihr morgen bei mir im Studio vorbeikommen und was hören lassen?"

„Klar!"

Wie konnte Lissi einfach so zusagen? Sie hatten nicht einmal einen Song!

Der Musikmanager verabschiedete sich und stieg in einen blauen Sportwagen. Als er abfuhr, setzte sich Lissi in Bewegung und steuerte wieder den Platz mit den Müllsäcken an.

„Zurück ins Haus, essen und chillen", verkündete sie.

„Aber Lissi, du hast gelogen. Wir haben gar keine Band und auch keinen Song", bestürmte Tinka ihre Schwester.

„Reg dich ab", lautete Lissis Kommentar dazu.

Tinka schüttelte verständnislos den Kopf. Wie sollten sie aus dieser Sache nur wieder rauskommen?

Kleine Geheimnisse

He, ihr Spinner, wir sind die Winner!

Wir sind die Champions und ihr seid arme Würstchen!

Jungs, the Best, geben Mädchen den Rest.

Autogramme für Schwestern 10 % billiger

Das waren nur einige der SMS, mit denen Frank und Stan ihre Schwestern bombardierten.

Lissi las die Nachrichten, schnitt dem Handy eine Grimasse und knurrte wie ein hungriger Tiger.

„Lass sie!“, meinte Tinka, die sich nicht weniger über die Jungs ärgerte als Lissi. „Wenn wir so tun, als wäre uns das alles egal, bestrafen wir sie am meisten.“

Lissi zog an ihren Drahtlocken. „Weib-O, von deinem Vernunfts-Gesülze bekomme ich Hautausschlag.“

Die Schwestern waren wieder zurück im Hexenhaus und hatten es sich im Wohnzimmer bequem gemacht. Draußen war es mittlerweile dunkel geworden und Regen hatte eingesetzt.

„Manchmal kommst du mir vor wie eine tickende Zeitbombe“, warf Tinka ihrer Schwester vor.

„Und du kommst mir immer vor wie ein Weichspüler auf Beinen“, feuerte Lissi zurück.

Um keinen Streit vom Zaun zu brechen, überging Tinka diese Spitze einfach. „Sag mir endlich, wieso du meinst, wir könnten in die Hitparade kommen! Das wollen Tausende und nur sehr wenige schaffen es. Wieso ausgerechnet wir? Wir haben nicht mal eine echte Band! Du kannst weder singen, noch ein Instrument spielen.“

Lissi gähnte, ohne sich die Hand vorzuhalten.

„Jede Frau hat ihr kleines Geheimnis“, sagte sie kryptisch.

Tinka verlor die Geduld. „Hör endlich auf damit! Ich bin deine Schwester, und ich dachte, wir wären sogar Freundinnen. Echte Freundinnen haben keine Geheimnisse voreinander. Du weißt etwas und verrätst es mir nicht. Wahrscheinlich ist es etwas Gemeines oder sogar etwas Gefährliches. Du rückst es nicht raus, weil du ganz genau weißt, dass ich damit nicht einverstanden wäre. Das ist einfach nur blöd und nervig!“

Sie musste tief Luft holen, weil sie ohne Punkt oder Komma gesprochen hatte.

Lissi lächelte sie milde an. „Bist du fertig, oder kommt noch was?"

Stumm starrte Tinka sie an und wartete. Jetzt war Lissi an der Reihe, etwas zu sagen. Aber Lissi dachte noch immer nicht daran, sondern erhob sich vom Sofa und ging nach oben. Tinka lief ihr hinterher.

„Soll ich dir was sagen? Du gehst mir gehörig auf den Geist! Manchmal reicht es mir mit dir. Ich fände es viel schöner hier ohne dich. Dafür aber mit einer echten Freundin."

Auf der obersten Stufe drehte sich Lissi zu ihr um. „Pech. Das Haus gehört uns beiden, und ich werde ganz sicher bleiben!"

Wenig später lagen sie nebeneinander in dem riesigen Himmelbett mit den blassgelben Vorhängen und dem kirschroten Bettzeug. Über sich konnten sie den echten Nachthimmel mit den dunklen Regenwolken sehen. Für Sekunden rissen sie auf und der Mond schien hindurch.

Tinka bereute es schon wieder, den Streit begonnen zu haben. Trotzdem: Die Idee, bei diesem Wettbewerb gegen die Brüder anzutreten, fand sie aus mehreren Gründen nicht gut. „Stan und Frank sollen sich auch mal freuen. Endlich sind sie in etwas richtig gut."

„Nacht!“ Das war die einzige Reaktion von Lissi, und die machte Tinka gleich wieder wild.

Lissi schaffte es wirklich, sie ständig aus der Ruhe zu bringen.

Tinka mochte es gar nicht, einzuschlafen, ohne sich vorher versöhnt zu haben.

„Tut mir leid irgendwie“, begann sie. „Aber ich finde einfach, dass du … dass du fürchterlich bist, manchmal.“

„Du mich auch“, kam es von Lissi.

Wütend drehte sich Tinka weg und presste ein Kissen fest an die Brust. Hier im Hexenhaus hatte sie keine Kuscheltiere, daher musste das Kissen herhalten.

Am Sonntagmorgen wurden die Mädchen von einem lauten Kreischen geweckt.

„Kommt 'ne Zeitung geflogen“, krächzte es in der Diele. Die Nachricht wurde von dem holzgeschnitzten Geier verkündet, der neben der Eingangstür an der Wand hing. Er war eine Art Hexen-Türsprechanlage.

Lissi steckte den Kopf unter die Decke und machte keine Anstalten aufzustehen.

Unten krähte der Geier weiter das Kinderlied, dessen Text nun aber von einer Zeitung handelte, die geflogen kam und sich im Rasen niederließ und ein Foto der Junghexen zeigte.

„Der Bericht über unsere Familie“, murmelte Tinka und ließ sich von dem hohen Bett gleiten. Sie zog sich schnell an und lief dann in den Garten hinaus.

Die Zeitung lag auf dem Weg. Der Artikel über die Schnabel-Meierbeers war mit einem riesigen Foto auf der Rückseite zu finden. Er war nicht zu übersehen.

Schon die Überschrift ließ Tinka heftig schlucken. Beim Anblick des Fotos schoss ihr die Röte ins Gesicht bis zu den Haarwurzeln. Als sie den Artikel genauer las, japste sie vor Wut und Empörung nach Luft.

Danach überlegte sie fieberhaft, ob sie Boris überreden könnte, in eine andere Stadt umzuziehen. Da die Zeitung landesweit erschien, war es wohl besser, gleich in ein anderes Land zu gehen, um dort weiterzuleben.

„Lissi!“, schrie sie bei ihrer Rückkehr ins Haus. Sie rechnete nicht mit dem Auftauchen ihrer Schwester. Daher stürmte sie nach oben und riss ihr die breite Bettdecke weg. Lissi begann sofort zu schimpfen und zu fluchen, aber davon ließ sich Tinka nicht beeindrucken. Sie wedelte ihrer Schwester mit der Zeitung vor der Nase herum. Als diese die Augen immer noch nicht öffnete, klopfte sie ihr damit sogar auf den Kopf.

Verschlafen grunzte Lissi: „Geh in die Badewanne schwimmen oder tauchen im Klo.“

Laut las Tinka vor:

PRACHTBRÜDER UND STREICHE-MEISTER!

Die Mädchen Tinka und Lissi haben wenig zu melden in der neuen Großfamilie Schnabel-Meierbeer. Ihre Brüder dafür umso mehr.

„Das hätten sie wohl gerne, steht aber nicht auf dem Programm." Lissi hatte noch nicht verstanden, um was es ging.

„Du kapierst aber auch gar nichts", sagte Tinka und hämmerte Lissi die Zeitung noch ein paar Mal auf die Schulter und den Arm. „Das steht alles hier drinnen. Außerdem halten uns die beiden auf dem Foto Hörner über den Kopf und grinsen dazu wie die Superhelden. Wir sehen damit reichlich dämlich aus."

Jetzt war Lissis Interesse geweckt. Sie rieb sich den Schlaf aus den Augen und riss Tinka die Zeitung aus der Hand. In weniger als einer Minute hatte Lissi die genaue Schilderung der Streiche gelesen, die Dirk auch noch ausgeschmückt hatte. Wütend schleuderte sie die Zeitung auf den Boden.

„Dieser Dirk kann sich auf was gefasst machen! Und Stan und Frank sind Geschichte. Die pusten wir nächste Woche einfach weg."

Zum ersten Mal fand Tinka die Vorstellung, bei *Superband* zu gewinnen, sehr verlockend. Es würde ihren Ruf in der Schule sicher wieder verbessern nach dieser Pleite. Trotzdem erschien es ihr weiter völlig unmöglich, innerhalb von einer Woche einen brauchbaren Song einzustudieren.

Sie mussten sich etwas anderes einfallen lassen. Aber was nur?

Schlagsahne mit Essiggurken

„Um elf Uhr gehen wir zu Herrn Feierabend ins Tonstudio“, erklärte Lissi. Sie war draußen im Garten gewesen und kehrte nun zu Tinka zurück, die in der Küche vor dem Nebelloch überlegte, was sie sich zum Frühstück hexen sollte.

Tinka baute sich vor Lissi auf und versuchte, besonders entschlossen und sicher zu wirken. „Ich komme nur mit, wenn du mir endlich verrätst, was du vor mir geheim hältst.“

„Dann bleib hier. Es gibt sicher auch andere, die in meine Band wollen.“

Lissis Sturheit machte Tinka verrückt. Am liebsten wäre sie die Wände hochgegangen. „Du schaffst es noch, dass ich aus der Haut fahre, Lissi.“

Ihre Schwester hexte sich eine Schüssel mit Knuspermüsli und dazu Blaubeerjoghurt. „Bin gespannt, wie du so aussiehst ohne Haut.“

Tinka klappte den Mund einige Male auf und wieder zu. Was sollte sie noch tun?

„Vertrau mir endlich, Schwesterherz! Es gibt Dinge, die du mit deinem kleinen Blondköpfchen nicht kapieren kannst. Dazu braucht es schon so einen dunklen Schädel wie meinen. Daher überlass das Denken einfach nur mir und trällere so fröhlich und froh, wie der Mops auf dem Klo."

„Was ist das schon wieder für ein Spruch?" Tinka hatte genug. Sie musste erst mal etwas essen. Schnell führte sie den Hexenklatsch aus, und eine Schüssel mit Müsli, Himbeerjoghurt, Speck und Zwiebeln erschien im Nebelloch.

Lissi betrachtete die Kombination und bemerkte trocken: „Wer von uns beiden ist wohl total durchgeknallt?"

„Du!", gab Tinka zornig zurück.

Es war ein sonniger Frühsommertag, und Lissi ging hinaus an den kleinen Tisch neben dem Haus, um dort zu frühstücken. Tinka folgte ihr, noch immer grollend.

„Schurke!", sagte Lissi auf einmal.

„Was?"

„Na, Essiggurke!"

„Was?"

Oh nein, nicht schon wieder. Tinka wollte keine neue „Was"-Fragestunde mit Lissi.

„Schurke reimt sich auf Essiggurke", erklärte Lissi und sprach dabei besonders langsam und gedehnt, als wäre Tinka etwas schwer von Begriff.

„Ach so!"

„Der Song ist gleich fertig", verkündete Lissi. „Vielleicht sollten wir ihn ein bisschen proben."

„Aus. Ende." Tinka stellte ihre Schüssel so heftig ab, dass es klirrte.

„Jetzt hast du einen Sprung in der Schüssel", bemerkte Lissi locker.

„Ich will jetzt wissen, wer dieser Zebbelin ist, der Hexen froh macht. Er hat mit dem Song und unserer Band zu tun und mit deinem Gerede von den Charts. Richtig?"

Lissi löffelte weiter. „Neugier ist gar nicht nett."

„Gut. Das war's. Ich mache endgültig nicht mit." Tinka entdeckte, dass ihre Schüssel beim Abstellen tatsächlich einen Sprung abbekommen hatte. Schnell hexte sie ihn weg und aß weiter.

„Guck in die Luft und träum von einem Schnuckeljungen", sagte Lissi auf einmal und tippte die gespreizten kleinen Finger und Daumen zusammen. Die Hexerei verfehlte ihre Wirkung nicht, und Tinka begann, selig zu lächeln. Sie lehnte sich im Stuhl zurück, sah verklärt zu den Wolken hoch und hauchte: „Bert! Und Julio! Und Lolo."

Wer Lolo war, wusste Lissi nicht. Die anderen Jungen kannte sie.

Tinka war abgelenkt, und Lissi konnte endlich unbeobachtet tun, was dringend nötig war. Schnell ging sie ins Haus zurück und stellte sich vor den Spiegel.

„Lissi ruft Zebbelin!"

Der Spiegel begann zu sprechen. Die vielen kleinen Münder bewegten sich gleichzeitig und plapperten:

„Ich verbinde und präsentiere
und aktiviere
die Verbindung zu Zebbelin,
dem Herrn der Siegermelodien."

„Ja, ja, ja, aber Tempo", trieb Lissi ihn ungeduldig an.

Ihr eigenes Spiegelbild verschwand, und sie konnte wie durch ein Fenster in einen anderen Raum sehen. Es war eine Halle mit einem runden Kuppeldach. Dort standen viele Instrumente herum. Ein hagerer Mann mit langen Haaren, einer kleinen runden Sonnenbrille und einem violetten Mantel, der bis zum Boden reichte, war zu sehen. Er hatte eine Gitarre umgehängt und erinnerte an einen alten Rockstar.

„Tag, Babe!" Zebbelin schlug in die Saiten und ließ einen Akkord dröhnen.

„Hi!" Auf einmal war Lissi nicht mehr so selbstsicher wie vorhin mit Tinka. Sie wirkte eher wie ein kleines Mädchen, das etwas verlegen war.

„Hat doch alles bestens geklappt gestern, was, Babe?“ Wieder donnerte die E-Gitarre.

„Wie … wie machst du das?“ Lissi räusperte sich sofort, nachdem sie die Frage gestellt hatte. Ihre Stimme war viel zu hoch und klang nach einer Comicfigur. Sie schämte sich dafür.

„Ich haue nicht nur in die Saiten …“ Zebbelin ließ die Gitarre wieder erklingen und fuhr mit dem ausgestreckten Zeigefinger den Gitarrenhals auf und ab, was

jaulende Töne erzeugte, „… sondern ziehe auch die Fäden des Schicksals und des Glücks.“

„Gefährlich kann das aber nicht sein?“, erkundigte sich Lissi vorsichtig.

„Du klingst wie dein Schwesterchen, Babe!“ Schon wummerten neue Töne durch den Saal und über den Spiegel in das Hexenhaus. Zebbelin legte ein wildes Solo hin und sprang dazu mit seiner Gitarre durch den Raum. Schließlich kniete er sich auch noch auf den Boden und hieb so fest auf das Instrument ein, dass Lissi fürchtete, er könnte es zertrümmern.

„Ich kapiere es einfach nicht ganz“, begann sie zaghaft und mit der Angst, Zebbelin könnte vielleicht verärgert reagieren.

Der geheimnisvolle Mann zupfte weiter sehr schnell an seiner Gitarre und fragte singend: „Was? Was ist es, das du nicht verstehst, Babe?“

„Wieso du auf einmal angefangen hast, mit

mir zu sprechen. Und wieso du willst, dass ich in die Charts komme."

Zebbelin trat näher. Es sah fast so aus, als würde er gleich aus dem Spiegel steigen.

„Weil du es einfach verdienst und meine Wahl auf dich gefallen ist. Samt deinem Schwesterchen, aber ihre zarten Nerven halten es nicht aus, mich anzusehen. Das ist dir doch klar?"

„Ja, ja, völlig." Schnell warf Lissi einen Blick durch das Fenster in den Garten. Die Hexerei hielt an, und Tinka zählte verträumt Wölkchen am Himmel.

„Ich kann weder ein Instrument spielen noch singen. Und einen Song habe ich auch nicht."

Zebbelin wandte sich ab und deutete auf die herumstehenden Instrumente. „Wähle eins aus! Worauf hast du Lust?"

„Schlagzeug!", antwortete Lissi spontan.

Von dieser Wahl war Zebbelin nicht begeistert. „Schlagzeuger sind arme Schweine. Immer sind sie versteckt hinter all den Trommeln und Becken. Babe, du musst im Rampenlicht stehen." Er schwang seine Gitarre. „Die ist besser für dich." Danach nahm er sie ab und warf sie Lissi zu. Die Gitarre kam aus dem Spiegel heraus und schoss Lissi entgegen. Zum Glück war sie vom Fußball gewohnt, schnell zu reagieren. Sie packte zu und fing das Instrument auf. Der Gurt legte sich von allein um ihren Nacken. Etwas ratlos betrachtete sie den langen Hals, die Saiten und den dünnen Körper der E-Gitarre. Zebbelin legte den Kopf schief und hob die Finger der rechten Hand. Er ließ sie kreisen und erzeugte ein Energiefeld, das ebenfalls aus dem Spiegel quoll und Lissi erfasste.

Im nächsten Moment griffen ihre Hände von ganz allein zu. Sie drückten die Saiten oder strichen darüber. Die Töne, die Lissi erzeugte, klangen wesentlich stärker, klarer und besser als das, was Frank sonst aus seiner Gitarre würgte.

„Naturtalent, wusste ich es doch", lobte Zebbelin.

„Und Tinka? Was wird sie machen?"

„Singen. Hat ein süßes Kehlchen, die Kleine."

„Wir sind aber nur zu zweit und noch keine echte Band", gab Lissi zu bedenken.

„Noch nicht. Warte mal ab." Zebbelin lächelte geheimnisvoll.

Lissi wusste, dass er damit nicht zu viel versprach. Schließlich war er es gewesen, der ihnen den Zutritt in die Halle verschafft hatte. Die Begegnung mit dem Musikmanager war ebenfalls sein Werk gewesen.

Irgendwie war er ihr unheimlich. Andererseits aber fand sie ihn auch stark und faszinierend. Die Aussicht, Stan und Frank zu besiegen, feuerte Lissi an. Außerdem hatte sie nichts dagegen, ein Star zu werden.

„Wieso tust du das alles eigentlich?“, fragte sie ganz nebenbei, nachdem sie ihr Solo auf der Gitarre beendet hatte.

„Die Welt braucht mehr Musik und mehr Talente. Du bist dafür geboren, Babe. Du hast Musik im Blut und Talent für drei. Vertrau mir, Babe!“

Zebbelin redete nicht wie andere Leute. Er hatte so eine Art zu hauchen, fast zu singen. Seine Stimme ging unter die Haut, und Lissi musste ihm unweigerlich alles glauben. Sie konnte nicht anders.

Wieso sollte sie auch zweifeln? Sie fand sich selbst einfach großartig. Die Zeit war gekommen, dass das auch alle anderen Leute sahen und erkannten.

Vielleicht würde es schon bald Poster von ihr geben. Mit Tinka natürlich. Und vielleicht hatten sie dann auch Autogrammkarten. Und Fans, die tobten und schrien, wenn sie kamen. Und natürlich Hits. Und viel Geld.

Lissi grinste bis über beide Ohren. Diese Vorstellung gefiel ihr sehr gut.

„Hier der Song!“ Zebbelin schleuderte einen Feuerball, der das Glas durchdrang und sich danach teilte. Eine Hälfte sauste in Lissis Kopf, die andere hinaus in den Garten zu Tinka. Das kalte Feuer drang in die Ohren der Mädchen und erwies sich als echter Ohrwurm. Tinka und Lissi hörten nicht nur eine Melodie, die sie sofort mitriss und Freude machte, sondern dazu auch den Text:

Schlagsahne mit Essiggurken
dreht bei uns die Power-Rädchen,
Schlagsahne mit Essiggurken
ist nur was für Power-Mädchen,
Jungens, eins ist zweifelsfrei,
ihr esst besser Haferbrei!

Tinka kam singend und den Takt klatschend ins Haus, stellte sich neben Lissi und sang mit ihr gemeinsam weiter. Überrascht stellte Lissi fest, wie gut die Stimme ihrer Schwester auf einmal klang. Ihre eigenen Finger bewegten sich wieder wie von allein über die Saiten der E-Gitarre. Zebbelin stand im Spiegel am Keyboard, während eine unsichtbare Kraft auf das Schlagzeug trommelte.

Die Nummer war hitverdächtig, das konnte jeder hören.

Cosimo, der auf seine Milch wartete, konnte nicht anders, als mit dem Schwanz zu wippen und mit den Pfoten ein paar tanzende Bewegungen zu machen.

Zufrieden beobachtete Zebbelin die Geschehnisse im Hexenhaus.

„Läuft alles nach Plan, alter Knabe", sagte er zum Spiegel.

Die vielen Münder am Rahmen verzogen sich zu einem spöttischen, triumphierenden Grinsen.

Dann machte Zebbelin eine weit ausholende Geste und löste sich in Luft auf. Er hatte seine Aufgabe erfüllt.

Lassen wir's krachen!

Um elf Uhr standen Tinka und Lissi vor einer grünen Metalltür.

FEIERABEND und FRÖHLICH war in großen weißen Buchstaben aufgesprayt.

Als sie klingelten, öffnete Herr Feierabend. Wieder trug er ein Jackett mit großen Karos. An diesem Tag waren sie blau und weiß.

„Das freut mich aber, dass ihr gekommen seid", sagte er zur Begrüßung, und es klang ehrlich.

Er führte Lissi und Tinka weiter in einen kleinen Aufenthaltsraum. Durch offene Türen konnten sie in ein Zimmer mit einem riesigen Mischpult sehen. Nebenan war das Tonstudio mit Mikrofonen und Instrumenten.

Herr Feierabend deutete auf Lissis umgehängte Gitarre. „Gut, dass du sie gleich mitgebracht hast. Gib sie meinem Assistenten. Er schließt sie an."

Lissi ließ sich das Instrument nur sehr ungern abnehmen. Sie hatte das Gefühl, ohne Gitarre nicht komplett zu sein.

Aus einem anderen Raum kamen noch zwei Mädchen. Herr Feierabend stellte sie als Olli und Jante vor. „Mal sehen, ob ihr auf einer Welle schwingt. Dann könntet ihr nämlich zusammen eine Band bilden", sagte er.

Mit ihren kurzen roten Haaren und den vielen Sommersprossen hatte Olli etwas sehr Freches an sich. Jante hielt den Kopf leicht gesenkt und ließ die glatten dunklen Haare in ihr Gesicht fallen. Ihrem Aussehen nach hatte sie wahrscheinlich asiatische Wurzeln.

„Ich bin aus Thailand", erklärte sie, als könnte sie Gedanken lesen.

„Ich bin von hier und eine echte Stadtpflanze", warf die jungenhafte Olli ein.

Herr Feierabend schmunzelte und fing dann an, den Mädchen von seinen Plänen zu

berichten: „Ich habe mit den Leuten vom Fernsehen gesprochen. Sie wollen eine Mädchenband. Wenn euer Song gut ist und ihr eine starke Band abgebt, könntet ihr das sein. Dazu müssen wir heute Probeaufnahmen machen. Das Lied und dann auch ein kleines Video."

„Lassen wir's krachen!", lachte Olli.

„Was sollen wir singen?", wollte Jante wissen.

„Wir haben einen Song", antworteten Lissi und Tinka gleichzeitig.

Sie wurden ins Studio geführt und hinter die Mikrofone gestellt. Lissi spielte auf der Gitarre, und gemeinsam sangen sie los.

Eine große Glasscheibe trennte den Regieraum vom Studio. Herr Feierabend beobachtete die Mädchen, sein Assistent betätigte die Regler. Olli und Jante gesellten sich zu den beiden.

Als Tinka und Lissi mit ihrem Song fertig waren, blickten sie erwartungsvoll durch die Scheibe.

Vier Gesichter starrten sie fassungslos an.

Über einen Lautsprecher redete Herr Feierabend zu ihnen.

„Das ist kein Song."

Vor Enttäuschung verzog Tinka das Gesicht. Sie hatten sich blamiert.

„Das ist ein Hit!", fuhr Feierabend fort. „Wer hat das komponiert und getextet?"

„Wir", antworteten Tinka und Lissi. Den beiden wurde ihr Gleichklang fast ein wenig unheimlich.

Eine Stunde später hatten sie den Song gemeinsam mit Olli und Jante aufgenommen. Herr Feierabend hatte ihnen gezeigt, wie die beiden dazu im Hintergrund singen sollten.

„Die Instrumente nehmen wir am Nachmittag auf. Die Gitarre haben wir schon, und den Rest mischen wir einfach dazu." Die Aufregung und Freude war ihm anzumerken.

„Ihr seid stark", hauchte Jante.

„Klasse, dass wir es gemeinsam krachen lassen", meinte Olli.

„Wir brauchen noch einen Namen für unsere Band", fiel Tinka ein.

„Wie wäre es mit *Four Sisters*?", sagte Lissi.

„Ja, genau. Wir sind die *Four Sisters* und zeigen es unseren vier Brüdern", lachte Tinka.

Olli und Jante fanden den Namen ebenfalls gut.

„Ich werde noch heute eure Eltern um die Erlaubnis für den Auftritt der *Four Sisters* bei *Superband* bitten.

Der ist euch so gut wie sicher.“ Der Musikmanager ließ sich beim Mischpult auf einen Drehsessel sinken. „Mädchen, so sehr überrascht hat mich zum letzten Mal Michelle Mo.“

Tinka kannte diesen Namen. Michelle Mo hatte mehrere Songs in den Charts gehabt. Selbst Stan und Frank mochten ihre Musik. Besonders gut gefiel allen der Hit „Firefly“, der Tinka tagelang nicht aus dem Ohr gegangen war. Dass Herr Feierabend auch der Produzent von Michelle Mo war, konnte doch nur ein gutes Zeichen sein.

„Für Samstag müssen wir euch auf Hochtouren bringen. Mädchen, ich will nicht zu viel versprechen, aber ihr habt echt gute Chancen auf den Sieg.“

Falls die Eltern der vier Mädchen einverstanden waren, sollte die nächste Probe bereits am Dienstag stattfinden.

Lissi dachte kurz an Zebbelin, und ein ungutes Gefühl überkam sie. Doch es verging so schnell, wie es gekommen war. Das Einzige, was zählte, war, Stan und Frank zu besiegen.

Wir kommen in die Charts, frohlockte Lissi im Stillen. Es war wie ein Wunder, aber wieso sollten Wunder nicht auch einmal wahr werden?

Dieses Wunder hatte seinen Preis, aber davon wusste sie noch nichts …

Der restliche Sonntag wurde für die Schwestern zur Geduldsprobe. Sie hatten vereinbart, vorerst zu Hause nichts von ihrer Band und dem möglichen Auftritt im Fernsehen zu sagen.

Tinka hatte Lissi in ihrer Begeisterung gebremst.

„Wir haben noch keine Bestätigung. Ich möchte nichts in die Welt posaunen, bevor es ganz sicher ist."

Auch wenn sie es nicht gerne tat, musste Lissi ihr recht geben.

Als sie das Wohnhaus der Schnabel-Meierbeers betraten, tönte ihnen von drinnen der Chor der vereinigten Brüder entgegen. Alle vier sangen aus voller Brust: „We are the Champions!" Frank und Stan noch halbwegs richtig, David krähend und total falsch und Thorsten bemüht richtig, was noch schrecklicher klang als bei David.

Tinka versuchte, die Haustür leise zu schließen, damit sie unbemerkt nach oben in ihr Zimmer abtauchen konnten. Doch es klappte nicht. David kam ihnen entgegengelaufen und rappte:

„Mädchen, Mädchen,
voll daneben.
Doch so ist das mal im Leben!"

Hinter ihm tauchte Frank auf und legte ihm eine Hand auf die Schulter: „Wir trainieren den Nachwuchs", erklärte er grinsend.

„Ich trainiere dir gleich was anderes“, drohte Lissi und zeigte ihm die geballte Faust.

Stan lehnte in der Wohnzimmertür. „Uuu, da fürchten wir uns aber ganz besonders. Zitter, zitter, zitter.“

„Die sind heute alle auf Stufe ‚Unerträglich‘“, raunte Tinka und deutete mit den Augen zur Treppe.

„Macht die Fenster auf!“, verlangte Lissi.

„Wieso?“, wollte Frank wissen.

„Weil so viel Doofheit auf einem Fleck stinkt!“

Die Jungen rangen nach einer passenden Antwort. Bis sie eine gefunden hatten, waren ihre Schwestern schon in ihrem Zimmer im ersten Stock verschwunden und hatten die Tür zugeknallt.

Tinka setzte sich an den Computer und rief ihre E-Mails ab. Es waren zehnmal so viele wie sonst. Sie las die ersten drei und stöhnte auf. Lissi trat hinter sie und blickte über Tinkas Schulter.

„Wir sind verloren“, wimmerte Tinka.

Die E-Mails waren von verschiedenen Mädchen aus ihrer Klasse und dem Rest der Schule.

Alle hatten den Artikel in der Zeitung gesehen und sprachen ihr Beileid aus zu solchen Brüdern. Einige boten ihnen sogar Nachhilfe im Umgang mit solchen Nervensägen an.

„Ihr zwei seid keine hoffnungslosen Fälle und Opfer“, meinte ein Mädchen aufmunternd.

„Morgen in der Schule stülpen wir uns am besten braune Papiertüten über den Kopf, damit uns niemand erkennt", knurrte Tinka.

Lissi warf sich in ihre Hängematte, dass die Seile krachten.

„Das werden wir überleben", sagte sie grimmig, während sie zur Zimmerdecke starrte. „Wir werden mit *Four Sisters* in *Superband* kommen und gewinnen. Das werden die Jungs sicher nicht überleben. Die sind dann geliefert für alle Zeiten. An dieser Niederlage würgen sie bis zur Rente."

Wirklich wohl fühlte sich Tinka bei all dem nicht, aber was konnte sie tun oder sagen?

Das Familien-Abendessen verlief an diesem Sonntag anders als sonst. Frank und Stan redeten ununterbrochen über ihren Auftritt am Samstag und den Jubel, als sie ins Finale gewählt worden waren. Grit war sauer auf ihren alten Schulkameraden Dirk wegen des Artikels. Er hatte sie darin „eine quirlige Mutti" genannt. Boris berichtete vom Anruf einer Patientin, die ihn als Macho bezeichnet hatte. Ihrer Meinung nach müsse er seinen Söhnen mehr Respekt vor Frauen beibringen. Bis das geschehen war, würde sie nicht mehr zu ihm in die Praxis kommen.

Lissi und Tinka fragten vorsichtig nach, ob sich vielleicht sonst jemand bei den Eltern gemeldet hatte. Sie hofften sehr auf den Anruf von Herrn Feierabend. Aber der hatte sich noch nicht gerührt. Vielleicht war aus seinen Plänen mit den *Four Sisters* nun doch nichts geworden. Tinka bereitete sich innerlich schon auf die Enttäuschung vor. Lissi dagegen wollte nicht so schnell aufgeben.

Das musste einfach klappen!

Abstellknopf für Brüder

Der Montag in der Schule war für Tinka und Lissi nicht so schlimm, wie sie befürchtet hatten.

Er war noch viel, viel, viel schlimmer.

Als sie sich dem Schulhaus näherten, wurden sie schon von vielen Blicken durchbohrt. Jeder, wirklich jeder, starrte sie an. Manche verstohlen, andere ganz offen. Hinter ihren Rücken wurde getuschelt. Lissi schnappte auf, wie sie von zwei Mädchen „arme Hühnchen“ genannt wurden. Tinka bohrte ihre Finger in Lissis Arm, um sie davon abzuhalten, einen Wutanfall zu bekommen und auf die Mädchen loszugehen. Sie hätten sich bestimmt nur noch lächerlicher gemacht.

Was für ein pechschwarzer Tag!

Frank und Stan hingegen wurden gefeiert, als wären sie gerade vom ersten Weltraumflug für Passagiere zurückgekehrt. In jeder Pause waren sie umringt von anderen Jungen und Mädchen, die von ihnen alles über *Superband* hören wollten oder sich Tipps für Streiche holten.

Lissi knurrte leise vor sich hin. Sie erinnerte ihre Schwester an den gereizten Stier auf dem Bauernhof, auf dem die Familie vor einiger Zeit Urlaub gemacht hatte. Er hatte ähnliche Töne von sich gegeben und Boris einmal fast auf die Hörner genommen.

Nach dem Unterricht schlug Lissi eine andere Richtung ein als sonst.

„Wohin willst du?", fragte Tinka.

„Zum Nordpol. Eis holen für meine Limo!"

„Sehr witzig. Wohin willst du wirklich?"

„Na, wohin wohl, wenn ich Richtung Kristallgasse gehe?"

Tinka lief neben Lissi her, die grimmig weiterstapfte, die Hände in die Taschen ihrer Hose gebohrt.

„Was willst du heute in unserem Haus?"

„Etwas finden, mit dem dieser Jungen-Wahnsinn gestoppt werden kann."

Es war völlig sinnlos, Lissi in ihrem jetzigen Zustand zu besänftigen. Tinka wusste das aus langer Erfahrung und unternahm deshalb nicht einmal einen Versuch.

Im Hexenhaus wurden die beiden von Cosimo stürmisch begrüßt. Er war nicht ganz sichtbar, aber auch nicht völlig unsichtbar. Eine sanft schimmernde Linie zeichnete die Umrisse seines pummeligen Körpers in die Luft. Natürlich bekam er sofort eine große Schale Mango-Milchshake, über die er sich hungrig hermachte. Die unsichtbare Zunge leckte kleine Dellen in die Flüssigkeit, was sehr witzig aussah.

In einem kleinen Zimmer neben der Diele lagerten die Mädchen jede Menge Hexenbücher. Sie standen nicht nur in Regalen, sondern lagen auch in Stapeln auf dem Boden. Gereizt begann Lissi zu wühlen und zu suchen.

Ein Buch mit einem Einband, der aus echter Wiese bestand, flog zur Seite. Ein anderes, das ein Fell hatte, ebenfalls. Auf einigen Büchern tanzten Hexen, auf anderen zwinkerten Augen.

„Wir sollten vorsichtig sein", erlaubte sich Tinka zu bemerken.

Lissi nickte mit finsterer Miene. „Du hast recht. Wenn wir die Jungs in gelbgrüne Stinkwolken verwandeln, könnte das umweltschädlich sein."

„Du weißt doch, dass wir das nicht dürfen. Jede böse Hexerei trifft am Ende immer nur uns selbst. Es ist verboten, etwas zu hexen, das einem anderen Menschen schadet."

Damit lieferte sie Lissi ein Stichwort, das ihr Gesicht erhellte. „Ruhe ist sehr wichtig für jeden Mensch, oder?"

Da konnte ihr Tinka nur recht geben. „Ja, Ausruhen und Schlaf sind wichtig. Genauso wie Ferien und freie Tage."

„Unsere Brüder-Monster brauchen eindeutig mehr Ruhe. Man muss sie zu ihrem Glück zwingen. Dazu werden wir sie zweitweise einfach abstellen."

„Abstellen? Wie?"

Lissi griff nach einem Buch, das sich anfühlte, als wäre es aus Holz.

„Die Heimwerker-Hexe" lautete der Titel.

„Wir werden etwas bauen", sagte Lissi und durchblätterte das Buch. Sie stieß auf Anleitungen für Hexenbetten, die fliegen konnten, Besen, die auch Butler waren, und Kommoden, die auf ihren Beinen herumlaufen konnten.

Das Kapitel über Schalter und Knöpfe interessierte Lissi ganz besonders. Schließlich fand sie, was sie gesucht hatte.

„Abstellknöpfe für Lärm, Hundegebell, Tageslicht und Nachtfinsternis", las sie halblaut vor. Ihre Augen wanderten weiter über die Zeilen. Eine Weile konnte Tinka nur „Hm", „Klar!", „So geht's", „Aha" hören. Dann sprang Lissi vom Boden auf.

„Es wird ein Brüder-Abstellknopf. Groß und rot und zum Drücken."

„Bi... bist du sicher?"

„Nicht ganz. Ich hexe lieber auch noch ein tragbares schwarzes Loch. Man weiß ja nie."

„Was ist das?", fragte Tinka besorgt.

„Mach dir nicht ins Hemd, Blondie!" Lissi trat hinaus in die Diele und schloss die Augen. Sie stellte sich den Knopf und seine Wirkung genau vor. Dann führte sie den Hexenklatsch dreimal aus und murmelte dazu: „Aktion, Aktion, Aktion, fix!"

Mit einem kleinen Knall erschien zu ihren Füßen ein gelber Würfel, nicht größer als zwei Fäuste. Obendrauf saß ein roter Knopf. Lissi bückte sich und hob den Würfel auf.

„Sieht irgendwie viel zu harmlos aus."

„Du solltest ihn unbedingt testen, bevor du ihn bei Frank und Stan einsetzt", warnte Tinka.

„Vielleicht funktioniert er auch bei Schwestern." Lissi grinste Tinka an und schlug mit der flachen Hand auf den roten Knopf. Er versank etwas im Würfel, und ein trötendes Geräusch ertönte wie in einer Spieleshow.

Tinka, die ihr ernstes Ermahnungsgesicht aufgesetzt hatte, erstarrte. Stocksteif stand sie da. Forschend ging Lissi zweimal um sie herum, pikste sie mit dem ausgestreckten Finger in die Schulter, kniff sie in den Oberarm und schnitt eine Grimasse vor ihrem Gesicht.

Von Tinka kam nicht einmal ein Blinzeln.

Lissi war mehr als zufrieden.

„Ich bin ein Genie“, lobte sie sich.

Um sich alle Kommentare und Bedenken von Tinka zu ersparen, ließ sie die Schwester weiter so „ausgeschaltet“ stehen und stellte den Würfel erst mal ab. Ihre nächste Hexerei hatte sie neulich im Hexen-TV gesehen.

Zuerst beschrieb Lissi mit dem Finger einen Kreis in der Luft. Dann wischte sie darüber, als wäre es ein rundes Fenster. Dazu murmelte sie „Dunkulus Überdruss". Zum Abschluss machte sie noch einen kräftigen Hexenklatsch, und schon schwebte ein schwarzes Loch vor ihr.

Prüfend betrachtete Lissi es von vorne und von hinten. Diesmal war sie sehr vorsichtig, als sie eine Hand danach ausstreckte.

Ihre Finger verschwanden im Schwarz, als wären sie verschluckt worden. Eine unangenehme Kälte kroch durch ihre Haut und ihre Knochen. Außerdem spürte sie ein Ziehen und Zerren an ihrer Hand, als wollte jemand sie in das Loch reißen.

Schnell zog sie ihre Hand zurück und schüttelte sie aus. Sie sah völlig unverändert aus und erwärmte sich schnell wieder.

Das Tollste an dem schwarzen Loch war, dass sie es am Rand nehmen und wie ein Stück Stoff zusammenfalten konnte. In diesem Zustand hatte es keine Wirkung und würde nichts verschlingen können. Lissi steckte es einfach in die Tasche ihrer grünen Jeans.

„Ich bin genial", lobte sie sich.

Sie griff nach dem Würfel mit dem roten Knopf und wollte gerade Tinka aus der Starre befreien, als es im Spiegel flackerte.

„He da, du da,
Zebbelin für dich da.
Will was fragen,
dir was sagen …“

Die vielen Münder sangen die Botschaft und stießen danach einen langen Pfiff aus.

Der rätselhafte Mann im langen Mantel tauchte auf. Diesmal hatte er sich ein tragbares Keyboard umgehängt und untermalte seine Worte, in dem er die Tasten drückte. Es war eine Melodie, wie sie in Filmen gespielt wurde, wenn etwas sehr Spannendes bevorstand.

„He, Babe, dein großer Auftritt ist bald da.“

„Nein. Sieht nicht danach aus. Dieser Herr Feierabend ist auf Tauchstation gegangen.“ Lissi hatte heimlich versucht, ihn anzurufen, aber er war nicht drangegangen.

„Babe, ihr kommt in die Charts. Das kann ich dir garantieren. Euer Song zaubert sich in alle Ohren und Gehirne. Jeder will ihn kaufen, downloaden und hören, dazu tanzen und singen. Ihr werdet Stars. Ganz sicher, Babe.“

„Echt?“ Lissi konnte es einfach nicht glauben.

„Wir sehen uns am Samstag. Ich komme zur Show.“

„Wi… wirklich?“, stammelte Lissi unsicher. Wieder fühlte sie sich von Zebbelin irgendwie eingeschüchtert.

Ihre übliche Unerschrockenheit wurde durch ihn völlig ausgebremst.

„Hals und Beinbruch, Babe. Haltet die Ohren steif und lasst es krachen, klar?!“

„Ja. Klar.“ Lissi zögerte einen Moment, doch dann musste sich doch noch eine Frage stellen.

„Wieso machst du aus mir und Tinka Stars? Wozu?“

„Weil ich finde, ihr seid ein Hit.“

„Aber was hast du davon?“

„Ich? Ich habe zwei Babes geholfen, ganz groß rauszukommen. Los, lass es glitzern und glänzen! Strahle! Schon vor der Show müssen alle wissen, was für Kracher ihr seid. Klar?“

„Ja.“

Zebbelin zog zum Abschied grüßend die Augenbrauen in die Höhe. Dann verschwand er wieder und Lissi sah ihr eigenes Spiegelbild.

Sie bemerkte, dass sie auf einmal ziemlich blass war.

Wieso wirkte ihr Gesicht so käsig? Ihre Locken hingen auch schlapp herab. Vorhin waren sie noch kreuz und quer nach allen Seiten abgestanden.

In der Luft lag ein unangenehmer Geruch. Es war stickig und heiß. Schnell öffnete sie die kirschrote Haustür und ließ frische Luft herein.

Erleichtert atmete sie durch.

Was war das gerade gewesen?

Ihr kam ein leiser Zweifel, ob sie ganz sicher das Richtige tat. Jetzt aufzugeben, war aber nicht mehr möglich.

Lissi richtete das gelbe Kästchen auf ihre Schwester und drückte den roten Knopf. Schlagartig war Tinka wieder munter und bewegte sich, als wäre nichts gewesen.

Lissis Hexerei hatte die Probe bestanden und wartete nur darauf, bei den Jungs eingesetzt zu werden.

Volle Panik auf der Titanic

Im Haus der Schnabel-Meierbeers war es ungewohnt still.

Tinka und Lissi fanden einen Zettel auf dem Boden der Diele.

Sind bei Roy und proben für Superband.
Zurück spätestens um sieben Uhr.
Dann jede Menge Kohldampf. Brauchen
Spaghetti für unsere Stimmbänder.
Stan

Pizza tut es auch.
Aber nur mit Salami.
Frank

„Wo ist David?“, wunderte Tinka sich.

„Wahrscheinlich bei Ronni", vermutete Lissi. Da Boris noch in seiner Praxis arbeitete, hätte niemand auf den kleinen Bruder aufpassen können. Grit kam erst in einer Stunde aus ihrem Blumenladen zurück.

Die Schwestern holten sich etwas zu trinken aus der Küche. Der Kühlschrank gähnte vor Leere. Jemand musste dringend zum Einkaufen fahren, aber beide Elternteile waren derzeit sehr beschäftigt. Die Mädchen fanden noch eine halb volle Packung Apfelsaft. Tinka schenkte zwei Gläser ein, und die Schwestern nahmen sie mit nach oben in ihr Zimmer.

Ein T-Shirt lag auf der Hängematte und eines auf Tinkas Bett. Auf jedem war ein Klebezettel befestigt.

„Kleines Geschenk", stand darauf.

„Von wem?", wunderte sich Lissi. Sie war sofort misstrauisch.

„Wahrscheinlich von Mam. Sie hat ein schlechtes Gewissen, weil sie diesem Dirk erlaubt hat, über uns zu schreiben."

„Sieht nicht so übel aus." Lissi nahm ihr T-Shirt und hielt es hoch.

„Da steht noch, wir sollen es anprobieren, falls es umgetauscht werden muss", sagte Tinka.

Rasch zogen sich die Mädchen die T-Shirts über den Kopf. Doch kaum hatten sie das getan, ging es los!

Tinka bekam einen Niesanfall.

Lissi schimpfte los und hüpfte herum. Sie kratzte sich den Rücken am Türstock wie ein Eber und warf sich schließlich sogar auf den Boden, wo sie sich wie eine Schlange wand.

„Das juckt wie die Hölle", schimpfte sie.

Schnell hatten die zwei die T-Shirts wieder ausgezogen und stürzten auf die Badezimmertür zu. Als sie die Tür aufzogen, ging dahinter ein Feuerwerk an Krachern los.

Die Schwestern schrien erschrocken und sprangen zurück.

„Diese doofen Wahnsinnswürmer haben ausgespielt", schnaufte Lissi. Natürlich konnten nur Stan und Frank dahinterstecken. Aber diesmal waren sie zu weit gegangen.

Tinkas Niesen hatte sich halbwegs beruhigt. Sie griff nach ihrem Glas und nahm einen großen Schluck Apfelsaft. Im nächsten Moment sah Lissi sie spucken und prusten.

„Was'n los?"

„Essig", keuchte Tinka. „Es ist Essig."

Draußen auf dem Flur war das Kichern der Brüder zu hören. David war auch dabei. Die drei hatten sich im Haus versteckt und nur vorgetäuscht, weg zu sein.

Lachend flüchteten sie vor dem Zorn ihrer Schwestern ins Erdgeschoss hinunter.

„Ihr Blödmänner!“, schimpfte Lissi. Sie wollte ihnen nach, aber Tinka hielt sie zurück.

„Wir sind halb nackt“, erinnerte sie ihre Freundin.

Schnell zogen sie sich T-Shirts über den Kopf. Dann nahm Lissi den Abstellknopf zur Hand. Sie hatte ihn die ganze Zeit in ihrem Schulrucksack bei sich getragen und streichelte jetzt über ihn wie über ein lieb gewonnenes Haustier.

Unten lachten sich die Jungen schlapp. Die Schwestern konnten sich gut vorstellen, wie sie auf dem Sofa herumkugelten und die erschrockenen Gesichter der Mädchen nachmachten.

„Gute Nacht“, knurrte Lissi und schlug auf den Knopf.

Augenblicklich verstummte der Jungen-Lärm. Die Stille danach war geradezu gespenstisch.

Mit einem teuflisch zufriedenen Lächeln legte Lissi den Würfel auf ihren Schreibtisch. Danach stürzte sie ins Bad. Es roch noch nach Schwefel und Zündpulver, aber das war weniger schlimm als das Jucken. Die Jungen mussten Juckpulver in ihr T-Shirt gestreut haben. Nur eine warme und eine kalte Dusche konnten dagegen helfen.

Tinka kam ebenfalls ins Badezimmer. Sie wusch sich schnell Gesicht und Nase am Waschbecken und lief dann hinunter ins Wohnzimmer. Dort bot sich ihr ein groteskes Bild.

Frank auf dem Sofa, alle viere in der Höhe. Stan in der Pose, als er Tinkas Entsetzen nachahmte, und David, der sich den Bauch vor Lachen hielt – alle drei starr und steif wie Statuen im Museum.

Im Stillen musste Tinka zugeben, dass Lissis Idee mit dem Abstellknopf genial war. Bevor Mam oder Thorsten nach Hause kamen oder Boris seine Praxis nebenan verließ, musste die Hexerei jedoch aufgehoben werden. So durften die Brüder von niemandem gesehen werden!

Oben rauschte das Wasser. Lissi sang lauthals unter der Dusche.

Es klingelte an der Haustür.

Wer konnte das sein? Tinka lief zu dem kleinen Fenster neben der Tür und spähte hinaus.

Sofort prallte sie zurück.

Was hatte das zu bedeuten?

Zwei Männer mit geschulterten Fernsehkameras standen vor der Tür. Hinter ihnen kam eine Frau mit dem dicksten Pferdeschwanz, den Tinka jemals gesehen hatte. Herr Feierabend war ebenfalls dabei. Er stand neben seinem Sportwagen, den er am Straßenrand abgestellt hatte.

Immer zwei Stufen auf einmal nehmend, stürmte Tinka die Treppe nach oben.

„Lissi! Fernsehen!"

„Ich will jetzt nicht fernsehen. Null Bock!“, kam es aus dem Bad. Tinka rannte zu ihr und berichtete, was sich vor dem Haus abspielte. Sie war so aufgeregt, dass sie sich ständig versprach und sogar stotterte.

„Hühnerkacke mit Streifen, was soll'n das?“

Lissi warf sich den Bademantel über und ging zu einem Fenster in der Diele. Von dort konnte sie zu den Stufen hinuntersehen, die zur Haustür führten. Alles war genau, wie Tinka es geschildert hatte.

„Du musst die Jungen wieder in Bewegung setzen. Das Fernsehen ist bestimmt wegen ihnen hier. Die wollen über Frank und Stan berichten und eine Homestory machen.“

Wieder wurde unten geklingelt. Einmal lang und dann noch dreimal kurz und ungeduldig.

Grimmig zischte Lissi: „Die Jungs haben das gewusst und uns die Streiche absichtlich heute gespielt. Damit wir wieder dastehen wie die totalen Dummis.“

„Wie auch immer. Wir müssen sofort aufmachen und die Jungen müssen sich wieder bewegen. So, wie sie jetzt sind, darf sie keiner sehen. Wie sollen wir das denn erklären?“ Tinka lief in ihr gemeinsames Zimmer und holte den Stopp-Knopf von Lissis Schreibtisch. Sie hielt ihn Lissi entgegen und wackelte auffordernd damit.

„Los, mach, mach schon. Schnell!“

„Keine Panik auf der Titanic!“ Seelenruhig nahm Lissi den Würfel und holte aus, um ihn schwungvoll zu drücken.

Unten wurde eine Tür aufgerissen. Tinka erkannte am Geräusch, um welche Tür es sich handeln musste. Dieses dumpfe Schmatzen erzeugte nur die Praxistür. Sie war dick gedämpft.

„Was … was ist denn hier los? Kinder, kann mir jemand erklären, wieso das Fernsehen mich sprechen will?“

„Mach! Drück!“, drängte Tinka. Da Lissi nur dastand, mit einer dicken fragenden Falte zwischen den Augen, riss Tinka ihr den Würfel aus den Händen. Lissi ließ sich das nicht gefallen und holte ihn sich schnell zurück.

„Boris geht sicher gleich ins Wohnzimmer, dann sieht er die Jungs!“ Vor lauter Panik zappelte Tinka wild herum. Erneut schnappte sie zu, und schon hatte sie wieder den roten Knopf an sich gezogen.

„Hör auf!“, bellte Lissi sie an und entriss ihr den Würfel. Sie flüchtete ins Bad und knallte die Tür hinter sich zu. Tinka warf sich von außen dagegen und schaffte es zu verhindern, dass Lissi absperren konnte. Sie stieß die Tür auf und traf ihre Schwester im Rücken. Lissi stolperte nach vorne, der Knopf entglitt ihr und landete …

… in der Toilette.

Platsch!

Eine Sekunde lang standen die Mädchen da und starrten entsetzt in die Kloschüssel.

„Den holst du raus!", fauchte Lissi. Sie stürmte an Tinka vorbei und rief laut: „Paps, keine Panik. Ich komme. Warte." Noch im Bademantel trampelte sie die Treppe hinunter.

Tinka stand vor der weißen Kloschüssel und machte ein verzagtes Gesicht. Sie konnte doch nicht …

Herr Schnabel-Meierbeer war unterwegs zur Eingangstür, als Lissi ihn einholte.

„He, nicht aufmachen. Die wollen … also … die …"

Auf einmal kam gedämpft von draußen durch die Tür Grits Stimme.

„Wieso sollte ich herkommen? In meinem Blumenladen stehen die Leute Schlange. Ich hoffe, es ist wirklich wichtig."

„Frau Schnabel-Meierbeer, wir sind hier, um Ihnen eine Sensation mitzuteilen. Sie haben doch nichts dagegen, dass wir alles aufnehmen. Es ist für das Finale von *Superband*", sagte die Frau mit dem dicken Pferdeschwanz.

„Wie? Was aufnehmen? Sensation? Meine Söhne sind im Finale, ich weiß."

„Nicht nur Ihre Söhne!", verkündete die Frau.

Lissi wurde vor Schreck ganz blass. Sie wusste sofort, was gemeint war. Schnell rannte sie zum Wohnzimmer und warf einen Blick hinein.

Horror! Tinka hatte recht. Niemand durfte die erstarrten Jungs sehen. Lissi schloss die Tür, in der zum Glück der Schlüssel steckte. Sie drehte ihn zweimal um und zog ihn ab.

„Niemand darf ins Wohnzimmer. Totales Chaos!", sagte sie warnend, bevor sie wieder nach oben jagte.

Frau Schnabel-Meierbeer schloss die Eingangstür auf und ließ die Reporterin, die Kameraleute und Herrn Feierabend herein. Sie schwenkten die Objektive herum und fingen die Atmosphäre des Hauses ein.

Oben im ersten Stock riss Lissi Klamotten aus ihrem Schrank. Während sie einfach anzog, was ihr in die Hände fiel, rief sie Richtung Bad: „Hast du ihn rausgefischt?"

Mit angewidertem Gesicht kam Tinka aus dem Badezimmer. Sie hielt den Würfel mit spitzen Fingern in die Luft. Wasser tropfte von ihm herab.

„Dann drück das Ding!", kommandierte Lissi.

„Igitt!"

„Mach jetzt keinen Kitsch!"

Tinka legte den Jungen-Stoppknopf auf den Boden und hockte sich daneben. Sie holte weit aus und schlug mit aller Kraft auf den roten Buzzer.

„Und jetzt weiter anziehen!"

„Du siehst aus wie ein Papagei", sagte Tinka. Lissi hatte ein froschgrünes T-Shirt erwischt und dazu knallrote Jeans angezogen.

„Egal!" Immer zwei Stufen auf einmal nehmend, lief Lissi zurück ins Erdgeschoss. Sie riss die Verbindungstür zwischen der Wohnküche und dem Wohnzimmer auf, um die Brüder herauszulassen.

Stan, Frank und David lagen und standen völlig unverändert da. Sie waren immer noch in ihren Bewegungen eingefroren.

Hatte Tinka nicht richtig gedrückt?

Oder funktionierte der Knopf nicht mehr?

Hinkende Krähen

Boris Schnabel-Meierbeer tauchte hinter Lissi in der Küche auf.

Blitzschnell knallte sie die Verbindungstür zu und lehnte sich mit dem Rücken dagegen.

„Paps! Alles klar an Deck?"

„Wo sind Stan, Frank und David? Die Fernsehleute wollen uns alle zusammen sprechen. Wir setzen uns am besten ins Wohnzimmer.

Lissi schob ihre Hand hinter ihren Rücken, tastete nach dem Schloss, sperrte ab und steckte den Schlüssel ein.

„Geht nicht. Habe doch gesagt, totales Chaos. Grit kriegt die Krise. Wenn das hier ins Fernsehen kommt, lässt sie sich von dir scheiden und wir können hier wieder ausziehen."

„Lissi, übertreibe nicht so!"

Herr Schnabel-Meierbeer streckte die Hand aus, damit sie ihm den Schlüssel gab. Aber Lissi dachte nicht daran.

In der Küchentür tauchte Grit auf, begleitet von der Reporterin, die ein langes Mikrofon bei sich hatte.

„Als Mutter sind Sie doch sicher sehr stolz darauf, dass Ihre Söhne im Finale von *Superband* sind", sagte sie und wedelte mit dem Mikrofon unter Grits Nase herum.

„Jaja, natürlich sind wir das. Aber wir sind stolz auf alle unsere Kinder."

„Natürlich sind Sie das." Die Reporterin lächelte säuerlich. „Wir haben eine große Überraschung für Sie alle. Eine Sensation!"

Herr Feierabend stand hinter ihr und zwinkerte Lissi verschwörerisch zu.

Suchend sah sich die Reporterin um. „Wo sind denn Frank und Stan? Wir müssen unbedingt ihre Gesichter aufnehmen, wenn sie die Neuigkeit hören."

„Ja, wo sind sie?" Hilflos wandte sich Grit an Lissi und Boris.

„Keine Ahnung", sagte ihr Mann.

Die Kameras schwenkten von Lissi zu den Eltern und wieder zurück. Dann auf die Reporterin.

„Wir brauchen sie, sonst kann ich nicht weitermachen", meinte diese ungeduldig.

Tinka kam die Treppe herunter. Sie war in ihr Lieblingskleid geschlüpft. Es war dunkelblau mit zarten weißen Blümchen, und Tinka fand sich darin wunderschön. Weil sie sich so beeilt hatte, hing der Ausschnitt jedoch etwas schief, und das Kleid war irgendwie verdreht.

Sofort stürzte die Reporterin sich auf ihr neues Opfer. Sie drehte Tinka in Richtung Kamera und stellte sie dem Publikum vor.

Stumm, aber mit verständlichen Gesten, deutete Lissi ihrer Schwester die Frage, wo denn der Brüderabstell-Knopf sei. Unauffällig klopfte Tinka auf ihre Umhängetasche.

„So, jetzt brauchen wir aber wirklich die Jungs!", kommandierte die Reporterin und blickte sich suchend um.

Lissi zwängte sich an ihr vorbei und riss dabei Tinka die Tasche von der Schulter.

Schnell verschwand sie damit im Bad neben dem Schlafzimmer der Eltern. Da der Knopf noch immer nass war, trocknete sie ihn mit einem Handtuch ab. Sollte sie ihn vielleicht auch noch föhnen? Half das nicht bei elektrischen Geräten, die ins Wasser gefallen waren?

„Lissi!" Grit klopfte von außen an die Badezimmertür. „Was tust du da drinnen? Du brauchst nicht aufgeregt zu sein. Alles ist gut, okay?"

„Nichts ist gut", stöhnte Lissi.

„Wie bitte?", fragte Grit.

„Ich komme gleich", presste Lissi heraus.

Kraftvoll drückte sie den roten Knopf.

Bitte, bitte funktioniere wieder, flehte sie im Stillen. Vorher, als sie ihn an Tinka getestet hatte, war es doch auch gut gegangen. Das bisschen Wasser konnte doch nicht so schlimm sein, oder?

Um einfach alles probiert zu haben, schlug sie mehrfach mit der flachen Hand auf den Knopf, legte das ganze Ding dann sogar auf den Boden und stieg mit den Füßen darauf.

Wieder wurde gegen eine Tür getrommelt. Diesmal war es aber nicht die Badezimmertür. Das Geräusch kam von weiter weg.

„Welcher Dumpfgummi hat uns eingesperrt?“, hörte sie Stan schimpfen.

Na endlich! Es hatte geklappt! Lissi stopfte den Knopf zurück in die Umhängetasche und stürmte aus dem Bad. Dabei hätte sie fast Grit über den Haufen gerannt, die immer noch besorgt blickend vor dem Bad stand.

„Alles ist gut“, sagte Lissi und legte Grit die Hand auf die Schulter.

Boris rüttelte an der Wohnzimmertür. Lissi trat zu ihm, holte den Schlüssel heraus und öffnete den Jungs.

Verwirrt waren mittlerweile alle. Die Reporterin konnte es nicht ganz glauben, als auf einmal Stan, Frank und David vor ihr standen.

„Habt ihr uns nicht klingeln gehört?“, fragte sie verwundert.

„Nö!“, kam es von Frank.

David sprang um die Reporterin herum. Dabei lachte er so heftig, dass er sich den Bauch halten musste.

„Habt ihr nicht gehört, wie wir hereingekommen sind und geredet haben?“ Die Stimme der Reporterin wurde eine Oktave höher und schriller. „Wer hat euch überhaupt eingesperrt? Und warum?“

„Keine Ahnung“, meinte Stan. Erst jetzt bemerkte er die Fernsehkameras, die ihn die ganze Zeit aufzeichneten. Mit einem Ruck drehte er sich weg und zog den Kamm aus seiner Hosentasche, den er immer für alle Fälle bei sich trug. Verstohlen frisierte er sich und strich kontrollierend über sein T-Shirt und seine Jeans. Saßen seine Klamotten auch perfekt?

David zeigte mit ausgestrecktem Zeigefinger auf seine Schwestern.

„Juckpulver und Niespulver! Juckpulver und Niespulver“, sang er spottend.

Lissi stellte sich dumm. „Was meint David?“, fragte sie die Brüder.

Stan wurde rot, Frank druckste herum. „Äh … keine Ahnung.“

„Ihr habt Juckpulver und Niespulver in die T-Shirts gestreut“, erinnerte David seine großen Brüder prompt.

„Ihr habt WAS?“, rief Grit.

„Ach … alles erfunden. Sie wollen wohl mal wieder als Streiche-Meister rüberkommen“, erklärte Lissi locker und zwinkerte ihrer Mutter zu.

Die Reporterin trat einen Schritt vor und drängte sich zwischen die Schnabel-Meierbeers. Energisch räuspernd, machte sie auf sich aufmerksam. Sie wollte ihre Neuigkeiten endlich loswerden.

„Ins Finale kommt noch eine Überraschungsband!"

„Muss das sein?", murrte Stan, während Frank wenig begeistert vor sich hin grummelte.

„Eine Mädchenband. Die *Four Sisters*. Eure Schwestern sind Teil davon!"

Plötzlich herrschte absolute Stille. Es war fast so, als hätte jemand den Stopp-Knopf wieder gedrückt. Nur diesmal schien seine Wirkung alle erfasst zu haben.

Als Erster kam Frank zu sich: „Die singen doch wie hinkende Krähen."

Nun trat Herr Feierabend vor und mischte sich ein. „Da muss ich dir widersprechen. Lissi und Tinka sind die größten Talente, die mir seit Jahren untergekommen sind. Ich kann es kaum erwarten, ihre ersten Songs zu produzieren. Ihr Song für das Finale am Samstag ist hitverdächtig."

Stan glotzte seine Schwestern mit offenem Mund an.

„Vier unserer Kinder im Finale", sagte Boris Schnabel-Meierbeer fassungslos.

Mit Tränen in den Augen trat seine Frau neben ihn und fasste nach seiner Hand.

„So viel Talent", seufzte sie.

„Die und Talent?“, fragte Frank stutzig.

„Ich will auch ins Finale! Ich kann pupsen“, meldete sich David und führte es auch sogleich vor.

Grit hatte sich und die Lage schnell wieder im Griff. Höflich bot sie den Gästen Getränke an und holte den Rest des Apfelsafts aus dem Kühlschrank. Sofort war Stan neben ihr und nahm ihr die Packung ab. Ein kleines Gerangel begann, in dem Grit sich den Saft nicht wegnehmen lassen wollte. Schließlich gelang es Stan, den Saft zu ergattern. Um weitere peinliche Diskussionen zu vermeiden, leerte er ihn in einem Zug. Das Gesicht, das er im Anschluss machte, ließ Tinka und Lissi so breit grinsen, wie schon lange nicht mehr. Es war total verkniffen, fast schon rekordverdächtig.

Tinka denkt ...

Bereits am Abend wurde der Bericht über die Schnabel-Meierbeers im Fernsehen ausgestrahlt. Danach liefen die Handys heiß. Kaum war ein Gespräch beendet, rief auch schon der oder die Nächste an.

Auf einmal wurden Tinka und Lissi von ihren Klassenkameradinnen und -kameraden bewundert und fast schon beneidet.

Greta dröhnte ins Telefon, wie stolz sie war, mit den beiden befreundet zu sein. Sie wollte sofort einen Fanclub gründen. Selbstverständlich würden alle Mitglieder am Samstag bei der Show dabei sein.

Antje, die auch Klassensprecherin war, kündigte mit ihrem Anruf ein Interview für die Internet-Schülerzeitung an und faselte ständig etwas von „stillen Wassern, die ja so tief seien".

Rolli bot sich als Manager an. „Wenn nötig, verhaue ich auch eure Brüder", bot er großzügig an.

Am nächsten Tag wurden die Hexenschwestern in der Schule wieder von allen angestarrt, diesmal allerdings aus Ehrfurcht. Einige Mädchen aus höheren Klassen, die noch nie ein Wort mit ihnen gewechselt hatten, interessierten sich auf einmal für Lissi und Tinka, als wären sie alte Freundinnen. Der Stürmer der Schulfußballmannschaft, für den Tinka heimlich schwärmte, lud sie ein, mit ihr einen Milchshake zu trinken.

Am Nachmittag begann dann der arbeitsreiche Teil. Treffpunkt war wieder das Tonstudio von Herrn Feierabend. Von dort fuhr er die Mädchen in ein Tanzstudio, in dem sie von einer drahtigen Frau in einem Trainingsoutfit erwartet wurden. Olli und Jante waren natürlich auch dabei.

„Ich werde euch in Form peitschen", scherzte die Tanzlehrerin. „Damit ihr nicht wirklich wie hinkende Krähen herumtorkelt."

Sie fand das unglaublich lustig, Lissi und Tinka hingegen weniger. Nach zwei Stunden Tanztraining tat ihnen jeder Muskel und jeder Knochen weh. Natascha, die Tanzlehrerin, war alles anderes als zufrieden und verdonnerte sie zu weiteren Übungsstunden.

Weil das Tanzstudio nicht weit von der Kristallgasse entfernt war, machten die Schwestern am Mittwoch einen Abstecher in ihr Haus. Sie wollten sich dort ein wenig von den Strapazen erholen und nach einem Rezept für einen Zaubertrank suchen, der den Muskelkater verschwinden ließ. Einfach weghexen ließ sich der nämlich leider nicht.

Ein leuchtender Cosimo strich um die Beine der Mädchen. Noch immer war sein sonst unsichtbarer Körper von einer Linie umgeben, die mal stärker, mal schwächer schimmerte. Ab und zu wurde sogar der ganze rote Kater sichtbar, um dann sogleich wieder zu verblassen.

Tinka spielte Cosimo einen Handy-Mitschnitt aus dem Tonstudio von ihrem Song „Schlagsahne mit Essiggurken" vor. Der Kater wippte dazu, stellte sich auf die Hinterbeine und tanzte, wie das eine normale Katze niemals gekonnt hätte.

„Wir nehmen ihn mit! Er muss mit uns auftreten", entschied Lissi.

Tinka hatte Bedenken. Würde das nicht viele Fragen aufwerfen? Wie sollten sie einen halb unsichtbaren Kater erklären, der dazu auch noch leuchtete?

„Ach, heutzutage kann man mit Technik doch alles machen. Holografien und so ein Zeug", fiel Lissi ein. „Wir nennen ihn einfach unser Holo-Katero-Gramm. Total neu und aus den USA. Das kauft uns jeder ab."

So sicher war Tinka sich da nicht, aber wenn Lissi etwas beschlossen hatte, konnte man sie nur sehr schwer davon abbringen.

Die Mädchen hatten sich Spezial-Fruchtshakes aus dem Nebelloch geholt. In einem Buch aus ihrer Hexenbibliothek hatten sie das Rezept dafür gefunden. Lissi hatte den Shake allein gehext und Tinka nicht verraten, dass er Zutaten wie Ameisenhonig, Flohmilch und rote Läuse enthielt. Lissi war da nicht so zimperlich, aber Tinka hätte bestimmt einen Anfall bekommen, wenn sie die Zutaten des Shakes erfahren hätte. Das musste nicht sein.

Etwas beschäftigte Tinka sehr. Als Lissi und sie auf dem großen weichen Sofas im Wohnzimmer lagen und sich ausruhten, sprach sie es an. Tinka musste sich immer alles von der Seele reden.

„Du, Lissi …"

„Klingt nach Problem, wenn du so anfängst", seufzte Lissi.

„Kein Problem, nur so ein Gedanke."

„Tu das nicht."

„Was?"

„Denken. Davon bekommst du nur Kopfbrummen."

„Sei bitte einmal ernst."

„Länger als drei Sekunden?"

„Jaaaa!" Tinka setzte sich stöhnend auf und ließ sich sofort wieder zurücksinken. „Wenn der Muskelkater bis Samstag nicht besser wird, werden wir wie hinkende Bettwanzen tanzen."

„Ist das dein Problem?"

Tinka holte tief Luft. „Alle wissen, dass wir am Samstag auftreten. Wir sind eine richtige Band. Aber wieso wir das auf einmal alles können, verstehe ich nicht. Und wie wir diesen Song geschrieben haben, auch nicht."

„Wir sind eben echte Talente. Sagt doch auch Herr Feierabend." Lissi nahm schlürfend einen Schluck von ihrem Drink und hoffte, dass Tinka mit dem Nachbohren aufhören würde. Auf Erklärungen hatte sie überhaupt keine Lust. Bestimmt hätte Tinka gegen Zebbelin etwas einzuwenden. Ihre Hexenschwester war bei allem immer so vorsichtig und ängstlich. Tinka tat nie etwas Verbotenes und sagte auch immer die Wahrheit.

„Aber wenn alles so plötzlich kommen konnte, kann es vielleicht auch genauso plötzlich wieder verschwinden", erwiderte Tinka.

Lissi machte eine wegwerfende Handbewegung. „Da kannst du dich echt abregen. Talent ist Talent. Ich meine, Mozart hat's auch nicht von einem Tag auf den anderen vergessen. Wir sind genauso."

„Wie Mozart?"

„Na, Mozarts von heute."

Tinka hatte noch immer Bedenken. „Alle Mädchen aus unserer Schule wollen, dass wir gewinnen. Was werden sie sagen, wenn wir verlieren? Vielleicht sind wir bei unserem Auftritt am Samstag total schlecht. Das kommt selbst bei den größten Stars vor. Ich … ich habe …"

„Lampenfieber", vollendete Lissi Tinkas Satz. „Das ist ein klarer Fall von Lampenfieber, und dagegen hilft nur …" Trotz schmerzender Arme und Beine sprang sie auf und stürzte sich auf ihre Schwester. Sie kitzelte sie heftig durch, und Tinka kicherte los.

„Aufhören, nicht … ich kann nicht … ich krieg keine Luft!"

Das spornte Lissi nur noch mehr an.

„Ich bin ein Kitzelmonster", grunzte sie, wie sie das sonst bei David machte.

Es half, Tinka abzulenken.

Der Albtraum-Hauch

„Kinder, wir sind eine große Familie und stolz auf euch alle!“, setzte Boris zu seiner Rede beim Abendessen am Donnerstag an.

Stan rümpfte die Nase, Frank starrte düster durch die Gläser seiner kleinen Sonnenbrille, die er sogar im Haus trug.

„Lissi und Tinka haben sich da reingeschummelt“, platzte Stan heraus.

„Nicht wahr. Wir sind nicht herumgerannt und haben gewinselt, damit wir singen dürfen. Wir sind entdeckt worden!“, feuerte Tinka zurück.

„Kinder, bitte!“ Beschwörend hob Boris die Arme. „Bitte Ruhe und Frieden.“

Stan verschränkte die Arme vor der Brust. „Wir sind ruhig und friedlich, aber die nicht.“

„Wieso? Was machen Tinka und Lissi denn?“, wollte Grit wissen.

„Sie machen die ganze Schule verrückt!"

„Was heißt, sie machen die Schule verrückt?" Boris nahm eine Auflaufform aus dem Rohr, in der er Huhn mit Gemüse geschmort hatte.

„Wetten!", kam es von Frank.

Grit verteilte Teller auf dem Tisch. „Könntet ihr bitte in ganzen Sätzen reden."

Tinka konnte es erklären. „Es ist nicht unsere Schuld. Wir haben nichts damit zu tun. Unsere Schulkameraden haben begonnen, Wetten abzuschließen, wer am Samstag gewinnt. Die meisten tippen auf uns."

„Das ist für die Jungs wie ein Pfannkuchen im Gesicht", sagte Lissi.

„Selber Pfannkuchen", fauchte Frank.

„Wetten in der Schule?! Das finde ich nicht gut." Boris verteilte Fleisch und Gemüse auf die Teller.

„Ist aber so, und wir können nichts dagegen tun", sagte Lissi.

Tinka seufzte tief. Ihre Sorge, sie könnten sich am Samstag blamieren, wurde durch die Wetten noch schlimmer. Sie fühlte sich sehr unter Druck.

Zum Kneifen war es aber längst zu spät.

Am Freitag nach der Schule ging es zur Probe in die Flieger-Halle, in der auch das Finale stattfinden sollte. Ohne Publikum wirkte sie noch viel riesiger, fast wie der schwarze Rachen eines großen Monsters.

Als Lissi und Tinka auf die Bühne geholt wurden, hatten sie beide weiche Knie.

Olli stieß sie mit dem Ellbogen an. „Hauen wir ab?“, raunte sie scherzhaft.

„Wird schon werden“, sagte Jante und strich sich über das Haar.

Rund um sie waren Kameras aufgestellt. Zusätzlich hingen einige an Seilen oder waren an langen Stangen befestigt, die wie Kräne bewegt wurden. Unter der Hallendecke waren an einem Metallgerüst Batterien von Scheinwerfern angebracht. Viele standen auch an den Seiten der Bühne auf dem Boden.

Unzählige Menschen wuselten herum. Einige trugen Klemmbretter, andere hatten Kopfhörer und Mikrofone aufgesetzt. Kommandos wurden gerufen, die den Mädchen völlig unverständlich waren.

Jante war von ihnen allen die Ruhigste. Vielleicht schaffte sie es aber auch einfach nur, ihre Nervosität am besten zu verbergen.

Ein Mann mit rotem Kopf und verstrubbelten Haaren stellte sich als der Regisseur vor. Eine Frau mit der größten Brille, die Tinka jemals gesehen hatte, erklärte ihnen, dass sie die Redakteurin der Sendung sei.

Herr Feierabend stand etwas abseits. Als Tinka unsicher zu ihm sah, nickte er ihr aufmunternd und freundlich zu.

Die erste Probe der *Four Sisters* endete nach ein paar Takten. Die Musik riss ab, und die Mädchen stolperten überrascht aus ihren Tanzbewegungen.

„Halt, aus, Licht ist Mist, Nebel schlecht, Kameraleute, schlaft ihr?", brüllte der Regisseur völlig außer sich.

Der zweite Anlauf klappte besser, und die *Four Sisters* konnten ihren ganzen Song singen. Dazu tanzten sie die komplette Choreografie, die Natascha ihnen eingebläut hatte. Tinka war noch nicht zufrieden, alle anderen hingegen schon.

Nachdem sie ihren Auftritt noch dreimal wiederholt hatten, war die Probe für sie beendet.

Die *Hungrigen Kannibalen* waren gleich nach ihnen dran. Sie warteten bereits neben der Bühne und blickten grimmig. Tinka und Lissi wären gerne geblieben, um ihren neuen Song zu hören und den Auftritt zu sehen, aber das war nicht gestattet. Die *Four Sisters* wurden in ihre Garderobe gescheucht.

Herr Feierabend kam ihnen entgegen. Neben ihm lief die Frau mit der Riesenbrille, die sich als Thekla vorstellte.

„Da ist noch etwas, das ihr wissen solltet", begann sie zu erklären. „Es geht um den Joker."

Davon hatte keine der vier etwas gehört. „Was ist das?", wollten sie wissen.

„Ein Song, den ihr vielleicht singen müsst. Er wird von der Jury überraschend genannt, kann nicht geprobt werden und muss von der Band direkt dargeboten werden. Ihr müsstet dann einfach zeigen, was ihr so draufhabt."

Tinka war besorgt. „Das heißt, vielleicht trifft der Joker uns, und wir müssen den Song singen, ohne proben zu können?"

„Kann so kommen." Thekla lächelte, als wäre das Lächeln in ihrem Gesicht eingefroren.

„Und wenn wir ihn gar nicht kennen?"

„Ach, es wird sicher ein bekannter Song sein. Ihr bekommt selbstverständlich auch Unterstützung von den Musikern."

„Das schafft ihr schon", versuchte Herr Feierabend, ihnen Mut zuzusprechen.

Anschließend brachte ein Fahrer die Mädchen nach Hause.

„Wir wollen lieber in unserem Haus schlafen", erklärte Lissi Grit.

„Nein, das finde ich nicht gut. Wenn ihr vielleicht aufgeregt seid und nicht einschlafen könnt, ist es besser, ihr seid hier. Ich mache euch dann eine Milch mit Honig."

Eine Stunde später kehrten auch die Jungen von der Probe zurück. Stan rieb sich den Hals und jammerte:

„Es kratzt. Ich darf auf gar keinen Fall heiser werden. Boris muss mir ein Wundermittel geben."

Herr Schnabel-Meierbeer warf einen Blick in Stans Rachen und ließ ihn dabei „Aaaaa" sagen. Lissi kannte ihren Vater und bemerkte sofort den besorgten Ausdruck in seinem Gesicht. Zu Stan sagte er: „Ach, halb so schlimm. Warm halten und Tee trinken. Ich gebe dir Lutschtabletten. Morgen ist alles gut."

„Vielleicht ist es ja ansteckend", warf Lissi ein. „Besser, wir schlafen doch in unserem Haus."

Grit gab sich geschlagen und fuhr die Mädchen sogar in die Kristallgasse.

Als die kirschrote Eingangstür hinter ihnen ins Schloss fiel, atmeten die beiden tief ein und aus. Sie wechselten einen Blick. Lissi schwang müde lächelnd die Arme, um zu zeigen, wie locker sie war. Tinka bemühte sich, die Ruhige zu spielen, auch wenn es ihr nicht sehr überzeugend gelang.

Grits Tipp, warme Milch mit Honig zu trinken, fanden Tinka und Lissi hervorragend. Dieser Schlummertrunk hatte ihnen immer geholfen, als sie noch kleine Mädchen waren. Sie spürten, dass sie ihn auch an diesem Abend gut gebrauchen konnten.

Also holten sie sich warme Milch mit Honig aus dem Nebelloch in der Küche. Beide leerten ein großes Glas, gähnten und stiegen die Treppe hinauf.

„Geheimwaffe Cosimo“, sagte Lissi auf einmal.

„Wie meinst du das?“

„Bisher war er nicht dabei. Aber morgen, zum Auftritt, nehmen wir ihn mit. Das wird uns zusätzliche Punkte verschaffen, du wirst sehen.“

Tinka lächelte unsicher.

Kaum lagen die beiden unter der Decke im großen Himmelbett, waren sie auch schon eingeschlafen.

Mitten in der Nacht miaute Cosimo empört auf. Er hatte am Fußende des Bettes der Mädchen geschlafen, war aber von einem eisigen Hauch geweckt worden. Seine Barthaare und sein Fell sträubten sich. Ein Zittern ging durch seinen Katzenkörper. Der eiskalte Luftzug wurde immer stärker.

Unruhig wälzten sich Tinka und Lissi hin und her. Sie hatten Albträume. Beide sahen sich auf der Bühne stehen und hilflos den Mund auf- und zuklappen. Heraus kam aber kein Ton.

Zuerst starrte das Publikum nur, dann aber gab es Buh-Rufe. Anschließend wurden sie sogar wie Verbrecher von der Bühne geführt.

Die Reporterin mit dem dicken Pferdeschwanz hielt ihnen das lange Mikrofon unter die Nase und sagte: „Ihr konntet also noch nie singen!? Alles war nur ein mieser Trick, der jetzt aufgeflogen ist? Wie konntet ihr eure Fans so enttäuschen?“

Der kalte Luftzug huschte durch das Schlafzimmer. Cosimo sprang vom Bett. Der eisige Hauch bewegte sich davon, und augenblicklich wurde es wieder wärmer.

Der Kater folgte dem Spuk die Treppe hinunter. Er witterte, wie der Hauch in den Spiegel sprang und dort eintauchte.

Die leuchtende Linie um Cosimos Körper begann zu blitzen und zu sprühen wie eine Wunderkerze. Kurz blickte das schmale Gesicht von Zebbelin aus dem Spiegel. Die Furchen seiner Wangen waren noch tiefer als sonst.

Seine Augen schienen fast in den Höhlen zu verschwinden.

Er war beinahe am Ziel.

Sein Bild verschwand, und Cosimo sah nur noch sein eigenes Sprühen und Funkeln. Er war hier, um den Junghexen im Notfall zu helfen. Derzeit wusste er aber noch nicht, was eigentlich los war.

Ohne Zweifel bestand Gefahr.

Aber was für eine Gefahr war das?

Krach am Mittag

Der große Tag war gekommen.

Er begann mit einem Wolkenbruch, und der Regen prasselte auf das Dach des Hexenhauses. Tinka war als Erste munter. Lissis dunkler Lockenkopf steckte noch tief unter dem Kissen.

„Ich muss schrecklich aussehen", jammerte Tinka und betastete ihr Gesicht. Sie hatte das Gefühl, die ganze Nacht kein Auge zugetan zu haben. Ständig hatten sie Albträume aus dem Schlaf gerissen.

Tinka zog sich an und tappte ins Badezimmer. Hier war alles anders als in einem „normalen" Bad. Die Wanne hatte die Form eines Bootes, der Wasserhahn die eines Walfischs. Die Handtücher flatterten von ihren Haltern, den Messinghänden, und wie riesige Vögel durch den Raum. Um einen kleinen Zimmerbrunnen rankten sich Blätter und Blüten. Dazwischen hockte ein kleiner Frosch und quakte vergnügt.

Über dem Waschbecken hing ein Spiegel, umrahmt von pausbäckigen Gesichtern aus Porzellan. Prüfend betrachtete Tinka ihr Spiegelbild. Sie sah verschlafen aus, das würde sicherlich bald vergehen. Ihre Haare hingen schlaff herunter. Frisch gewaschen und geföhnt, konnte sie ihnen bestimmt wieder Schwung und Fülle geben.

Neben ihr tauchte Lissi auf. Auch sie war bereits angezogen. Die Falten des Betts hatten eine tiefe Furche in ihre Wange gedrückt.

Auf einmal kam Tinka ein fürchterlicher Gedanke. „Bist du heiser?"

„Total. Krieg keinen Ton heraus", krächzte Lissi.

Vor Entsetzen quiekte Tinka laut auf.

„Scherz", sagte Lissi laut und grinste. „Wollte nur kontrollieren, ob man dich immer noch so leicht zum Schweinchen machen kann. Quiek, quiek."

Schnell schaufelte Tinka mit ihren beiden Händen Wasser aus dem Becken und spritzte Lissi damit nass. Natürlich ließ Lissi sich das nicht gefallen und spritzte zurück. Eine Wasserschlacht begann. Der kleine Frosch quakte protestierend und suchte das Weite.

Ausgelassen alberten und lachten die Hexenschwestern. Die dunklen Träume der vergangenen Nacht waren weg und verscheucht. Tapfer fassten Tinka und Lissi Mut für den großen Auftritt am Abend.

Als die beiden die Treppe herunterkamen, bettelte Cosimo maunzend um seinen Mango-Milchshake, den er natürlich sofort bekam. Im Anschluss setzte er sich direkt vor die rote Eingangstür. Diesmal würde er nicht im Haus bleiben, sondern auf jeden Fall mitkommen.

Als Tinka den Kater dort so sitzen sah, holte sie eine große Tasche aus dem Wohnzimmer. Normalerweise benutzten die Mädchen sie, um Kleidung ins Hexenhaus zu bringen. Nun aber sollte in ihr ein dicker, schwerer Kater getragen werden. Noch immer blitzte und glimmerte Cosimos Silhouette. Auf der Bühne würde das bestimmt großartig wirken, da waren sich die Mädchen sicher.

Keine der beiden gab es zu, aber ihre Herzen klopften schneller und lauter als sonst. Wie würde das erst am Abend werden?

Als Tinka noch einmal oben im Bad ihre Haare kämmte, trat Lissi unten vor den Spiegel.

„Zebbelin, wird alles gut gehen?", fragte sie ängstlich. Normalerweise war sie wesentlich unerschrockener, aber der Auftritt vor den vielen Menschen verwandelte sogar Lissis Knie in Butter.

Sofort begannen die Mäuler rund um den Spiegel zu plappern.

„Ich präsentiere
und aktiviere
die Verbindung zu Zebbelin,
dem Herrn der Siegermelodien."

„Nicht so laut", zischte Lissi.

Beleidigt klappten alle Münder zu.

Schon verblasste Lissis Spiegelbild, und sie konnte wieder die runde Kuppelhalle mit den Instrumenten sehen. Zebbelin saß an einem großen Tisch. Er sang leise vor sich hin, probierte verschiedene Worte aus und notierte dann etwas.

„Pst, ich bin es!", machte Lissi auf sich aufmerksam.

Zebbelin hob den Kopf. „Hi, Babe!"

„Hast du … hast du noch einen Tipp, oder so? Für unseren Auftritt heute?"

„Klar, Babe. Ich bin doch der Herr der Siegersongs, wie du weißt. Ich kenne nur Sieger. Deshalb wirst auch du siegen."

„Nur ich? Tinka nicht?"

„Ihr beide. Keine Bange."

„Lissi, mit wem redest du da?", rief Tinka von oben.

„Muss Schluss machen. Also sag schnell, bitte!", drängte Lissi.

„Babe, steht alles hier. Einfach kurz vor eurem Auftritt öffnen und lesen. Dann ist alles kein Problem. Hals und Beinbruch, Kleines."

Zebbelins Hand kam aus dem Spiegel heraus. Die Haut sah wie weißes Wachs aus, darunter schimmerten violett die Adern. Zebbelin reichte Lissi einen Umschlag aus schwarzem Papier. Zögerlich griff sie danach.

„Nimm und lies, aber erst kurz bevor ihr dran seid. Ist mein Geheimrezept für den Sieg."

Da sie Tinka auf der Treppe hörte, nickte Lissi nur und bedeutete Zebbelin, wieder zu verschwinden.

Sofort kehrte ihr Spiegelbild zurück. Lissi machte zwei Schritte vom Spiegel weg und setzte ein unschuldiges Lächeln auf. Den Brief steckte sie schnell ein.

„Alte grüne Karre vor dem Haus. Extra für euch", krächzte der Holzgeier.

„Grit holt uns ab", übersetzte Lissi.

Cosimo sprang in die Tasche und miaute, was klang wie: „Los, tragt mich, meine Sklavinnen!“

Mit der Tasche verließen die Mädchen ihr Haus. Wenn sie zurückkamen, hatten sie alles hinter sich. Entweder die totale Niederlage – oder einen Triumph und den Sprung in die Charts.

Auf der Fahrt erzählte Grit, was sich am Abend noch ereignet hatte: „Der arme Stan hat eine Halsentzündung. Boris tut alles, damit er trotzdem auftreten kann. Alle paar Minuten probiert Stan aus, ob er noch genug Stimme hat.“

„Braucht er doch für das Gekrächze nicht, das die *Hungrigen Kannibalen* von sich geben“, meinte Lissi und erntete dafür einen tadelnden Blick von Grit.

Als sie zu Hause ankamen, tat Lissi ihre Bemerkung plötzlich leid. Stan bot nämlich einen jämmerlichen Anblick. Obwohl es fast Sommer war, saß er in der dicken Winterjacke auf einem Stuhl und hatte einen Schal viele Male um den Hals gewickelt. Frank und Boris standen vor ihm und betrachteten ihn voller Sorge.

„Kannst du nicht noch um ihn herumtanzen wie ein Medizinmann? Oder so was in der Art?“, fragte Frank Boris.

„Alles wird gut gehen. Ich habe wirklich mein Möglichstes getan. Stan muss sich unbedingt bis zum

Auftritt schonen. Das ist wichtig. Wenig sprechen und nur summen."

Für das Mittagessen hatten Grit und Boris die Lieblingsspeisen aller Kinder gekocht. In der Küche ging es zu wie in einem Restaurant. Frank bekam ein Steak, Stan für seinen Hals warmen Kartoffelbrei, Lissi Spaghetti und Tinka Zitronenhühnchen. Thorsten und David durften sich von allem etwas nehmen.

Stan und Frank hatten genauso wenig Appetit wie Lissi und Tinka. Die vier waren viel zu nervös. Grit und Boris waren ein wenig enttäuscht, hatten aber Verständnis.

„Du, Stan, das mit deinem Hals tut mir echt leid", sagte Tinka. Sie meinte es ehrlich.

Frank funkelte sie über den Rand seiner Sonnenbrille böse an. „Hör auf zu lügen! Ihr wollt nur gewinnen."

Grit setzte an, etwas zu sagen, aber Frank ließ sie nicht zu Wort kommen. „Ist doch so! Alle sprechen darüber. Die Sache mit der Mädchenband ist voll link! Die wollen unbedingt eine Überraschung in der Show haben. Das bringt angeblich mehr Kohle. Volle Schiebung! Alles nur für die Quote!"

„Faule Sache", flüsterte Stan.

„Nein!", rief Lissi empört. „Wir sind wirklich gut."

„Alle anderen hassen euch!", schleuderte ihr Frank ins Gesicht. „Weil es unfair ist. Wir mussten uns durch vier Vorrunden quälen. Ihr seid einfach gekommen, und alle tanzen um euch herum."

Auf einmal herrschte betretenes Schweigen am Tisch.

„Kinder, das sind harte Vorwürfe", begann Boris.

„Wir machen trotzdem mit. Und wir werden alles geben. Wenn ihr gewinnt, sollt ihr an eurem Sieg würgen!" Frank war so lebhaft und energisch, wie ihn die Familie noch nie erlebt hatte.

„Bitte, Kinder, wirklich. Ich finde das gar nicht gut, wie ihr aufeinander losgeht."

Tinka hatte auf einmal ganz schmale Lippen. Das kam bei ihr sonst nie vor. „Ihr seid einfach schlechte Verlierer. Als Streiche-Meister fühlt ihr euch wie die Größten. Wenn dann etwas für Lissi und mich gut läuft, ist gleich alles Schiebung, unfair, faul und noch schlimmer."

„Ihr seid wie Reißnägel in der Unterhose", kam es von Lissi.

Die Mädchen nahmen ihre Teller, standen auf und verließen die Küche. „Wir essen im Wohnzimmer", verkündeten sie.

Tinka und Lissi waren wirklich sauer. Alle Ängste waren verflogen. Sie wollten nur noch eines: siegen!

Um zwei Uhr hielt ein kleiner Bus vor dem Haus, der die vier abholte und zur Flieger-Halle brachte.

Am hinteren Eingang, der nur für die Teilnehmer bestimmt war, wurden sie schon von mehreren Leuten mit Klemmbrettern und Funkgeräten erwartet.

Die *Hungrigen Kannibalen* bekamen eine Garderobe, die *Four Sisters* eine andere.

„Mit diesen Stinktieren würde ich keine Sekunde im selben Raum bleiben“, sagte Lissi grimmig.

Auf der Bühne probten Tinka und Lissi zusammen mit Olli und Jante zum letzten Mal. Als sie von der Bühne abgingen, bekamen sie mit, dass die *Hungrigen Kannibalen* zwar auch proben würden, Stan aber um Erlaubnis gebeten hatte, erst in der Show zu singen. Er wollte seine Stimme schonen.

Tinka ging mit Olli und Jante auf dem langen Flur hinter der Bühne auf und ab. Sie brauchten Bewegung, um das Lampenfieber zu bekämpfen.

Lissi fand die Gelegenheit günstig, den schwarzen Brief von Zebbelin zu öffnen. Zur Sicherheit sperrte sie sich in der Garderobe ein. Es war besser, jetzt nicht überrascht zu werden.

Der Umschlag war zugeklebt und mit einem roten Siegel versehen, in das ein verschlungenes Z eingeprägt war. Lissi riss das Papier auf und holte einen Briefbogen heraus. Sie faltete ihn auseinander und las.

Mit jeder Zeile wurden ihre Augen größer. Ihr Mund klappte weit auf.

Dunkle Aussichten

Auf dem Briefbogen stand in roter Schrift Folgendes:

Babe, ich muss dir mitteilen, dass euer Song und euer Talent nur geliehen war. Die Ausleihfrist ist mit Öffnen des Briefes abgelaufen.
Du wirst in der Show wieder so schaurig krächzen wie zuvor. Deine Schwester hat eine brauchbare Stimme, aber keinen Song mehr, da er aus ihrem Kopf gelöscht ist. Genau so wird es auch den beiden anderen in eurer Band ergehen.
Die Blamage eures Lebens steht euch direkt bevor. Du kannst sie verhindern. Nimm eine Nadel und stich dir in den Finger. Drücke den Blutstropfen unten auf den Rand dieses Briefes. Dann wird heute alles so sein, wie du es dir vorgestellt hast.

Lissi ließ sich auf einen Stuhl sinken und stieß zischend die Luft aus.

Dieser Betrüger! Dieser Mistkerl! Dieser Zebbelin war wirklich das Allerletzte. Lissi hätte vor Wut brüllen können.

Tinka durfte das alles nicht erfahren. Sie würde bestimmt wieder darauf herumreiten, dass sie recht gehabt hatte.

Wie hatte Lissi nur so dumm sein können?

Und was sollte dieser Unsinn mit dem Blutstropfen?

Andererseits … was war schon ein Tropfen Blut, wenn sie dafür in die Charts kamen? Wo konnte sie jetzt eine Nadel finden? Lissi griff zur Tasche, die neben dem Schminktisch stand. Als sie den Verschluss öffnete, sauste ein roter Blitz heraus.

Cosimo war auf einmal vollständig sichtbar geworden. Sein rotes Fell war gesträubt, und sein Schwanz hatte Ähnlichkeit

mit einer Flaschenbürste. Er fauchte und sprang Lissi direkt an die Brust, wo er sich mit den Krallen in ihrem T-Shirt festhakte.

„Lass das, geh runter!“, schimpfte Lissi und versuchte, ihn abzuschütteln.

„He, du kleine Spinnkanone, danke allen Hexen, dass ich jetzt hier bin und dich vor der größten Dummheit deines Lebens bewahre!“, maunzte Cosimo.

„Cosimo, spiel dich nicht so auf!“ Lissi versuchte, seine Pfoten zu lösen, aber er klammerte sich nur noch fester an sie.

„Du Wahnsinnsweib, weißt du denn nicht, was dieser pechschwarze Trauervogel von dir will?“

„Nein!“ Lissi hatte wirklich keine Ahnung.

„Dann lies noch mal, was dort steht.“

Lissi griff nach dem Zettel und betrachtete ihn genauer. Sie sah große rote Buchstaben. Sonst nichts.

„Lies zwischen den Zeilen!“, riet Cosimo.

Auf einmal runzelte Lissi die Stirn. „Du kannst doch nur reden, wenn es wirklich brenzlig wird.“

„Richtig, Frau Superschlau.“

Nun prüfte Lissi den Brief noch genauer. Sie hielt ihn unter die Lampe und drehte ihn hin und her. In einem ganz bestimmten steilen Winkel waren noch weitere Buchstaben zu erkennen. Sie waren mit einer fast durchsichtigen Tinte geschrieben.

Lissi fühlte, wie ihr bei jedem Wort das Blut weiter aus dem Kopf wich.

Mit meinem Blut unterzeichne ich die Befreiung von Zebbelin aus dem Gefängnis hinter dem Spiegel. Ich werde noch an diesem Tag um Mitternacht dorthin gebracht und muss seinen Platz hüten, bis Zebbelin freiwillig zurückkehrt.

Zebbelin musste ein Hexer der schwarzen Magie sein. Lissi und Tinka waren weiße Hexen, die immer nur Gutes schafften. Doch Zebbelin stand auf der anderen Seite.

Er hatte sie reingelegt. Zuerst hatte er ihnen versprochen, sie in die Charts zu bringen. Und nun wollte er sie zwingen, ihn aus dem Gefängnis auszulösen. Dorthin war Zebbelin ziemlich sicher vom Club der Hexen verbannt worden.

Der Plan war fies, gemein und raffiniert und leider auch die volle Katastrophe für Lissi und Tinka.

„Wir sitzen so was von total in der Hühnerkacke“, stellte Lissi fest. Vor Angst und Ratlosigkeit wurde ihr schlecht. „Was soll ich jetzt tun? Ich kann das doch nicht unterschreiben.“

„Klar nicht!“ Cosimo löste sich von ihrem T-Shirt und sprang mit einem Satz auf den Schminktisch. Dort marschierte er auf und ab, den buschigen Schwanz steil nach oben aufgestellt. Beim Nachdenken schlug er damit hin und her und traf Lissi einige Male im Gesicht und an den Ohren.

Von außen wurde heftig an der verschlossenen Tür gerüttelt.

„Lissi?", rief Tinka. „Mach auf!"

An der Wand hing ein kleiner Lautsprecher, in dem es knackte.

„Noch 90 Minuten bis zum Beginn der Sendung", säuselte eine Frauenstimme.

„Lissi, wir müssen in die Maske", drängte Tinka.

„Cosimo!" Lissi schubste den Kater, als könnte er davon schneller denken.

„Das ist ein schwieriger Fall. Selbst für den schönsten und klügsten Kater der Welt. Ich weiß, dass ich sexy bin und alle Katzen verrückt nach mir sind, trotzdem kann ich keine Wunder vollbringen."

„Lissi!" Tinka trommelte mit der Faust gegen die Tür.

„Ich muss aufmachen!" Lissi drehte den Schlüssel, und Tinka flog ihr fast entgegen.

„Was ist los? Wieso schließt du dich ein?" Von draußen drängten Olli und Jante nach. Olli entdeckte Cosimo und rief: „He, ich habe fast den gleichen Kater zu Hause. Ist der süß!"

Cosimo funkelte sie mit seinen grünen Augen an und verzog missbilligend seine Schnauze. Er war einzigartig. Wie konnte dieses Mädchen ihn mit einem gewöhnlichen Kater vergleichen?

Tinka war sofort klar, was es bedeutete, dass Cosimo nun komplett sichtbar war. Seit sie das Hexenhaus besaßen, war er erst wenige Male zu sehen gewesen, und jedes Mal hatten die Mädchen in einer schlimmen Krise gesteckt.

„Äh … willst du mal rauskommen?“, fragte sie und zog Lissi am Ärmel.

„Wieso habt ihr euren Kater mitgebracht?“, wollte Jante wissen. „Ist das nicht Tierquälerei?“

Schnurrend strich Cosimo um ihre Beine, um sie abzulenken, damit die Hexenschwestern sich beratschlagen konnten. Lissi musste Tinka die Wahrheit sagen. Auch wenn es ihr schwerfiel.

Damit sie bestimmt ungestört waren, zogen sich die beiden in eine dunkle, kleine Kammer zurück, in der zwei einsame, kaputte Scheinwerfer standen. In aller Kürze erklärte Lissi Tinka, was sie herausgefunden hatte.

„Lissi, ich habe es gewusst! Das ist so typisch du!“, brauste Tinka auf.

„Und diese Moralpredigt ist wieder so typisch DU!“, warf Lissi ihr vor. „Ich halte das Gesülze nicht mehr aus. Hör auf, mich zu belehren und dich wie die Oberlehrerin aufzuführen!"

Eine halbe Sekunde lang war Tinka beleidigt. Dann beschloss sie, dass dafür einfach keine Zeit war. Sie öffnete den Mund und versuchte, ihren Song zu singen, doch sie hatte die Melodie vergessen. Vom Text fiel ihr nur „Schlagsahne" ein und „Essiggurken" und darauf reimte sie „Schurken".

„Es ist wahr. Ich kann den Song nicht mehr", sagte sie entsetzt.

Lissi versuchte zu singen, und es klang wie sonst immer unter der Dusche: laut und falsch.

„So können wir doch nicht auf die Bühne!" Tinka setzte sich auf einen der kaputten Scheinwerfer. Sie konnte nicht mehr stehen.

Draußen auf dem Gang rief jemand ihre Namen, doch die Hexenschwestern rührten sich nicht.

Was konnten sie nur tun?

Noch viel schlimmer

Immer wieder wurde nach Lissi und Tinka gerufen. Schließlich öffnete Lissi die Tür und warf einen Blick hinaus.

Ein Mann in einem gelben Overall kam den Gang entlang. Unter den Arm hatte er ein großes Paket geklemmt. Der Form nach zu urteilen, schien es ein Bild zu enthalten.

„Lissi Schnabel-Meierbeer, Tinka Schnabel-Meierbeer!“, rief er.

„Hier!“ Lissi trat aus dem Versteck.

„Na endlich. Ich dachte schon, es wäre ein Scherz“, sagte der kleine Mann, der stark schwitzte.

„Was ist ein Scherz?“

„Der Transport!“ Er hielt Lissi ein Gerät hin und verlangte ihre Unterschrift.

„Was denn für ein Transport? Wieso soll ich das unterschreiben?“

„Ich bin in die Kristallgasse gerufen worden. Nummer 77. Dort stand dieses Paket für euch. Ich sollte es sofort herbringen.“

„Was???“ Lissi starrte auf den Karton. Das Paket erinnerte sie von der Größe her an einen bestimmten Gegenstand. Aber das konnte nicht wahr sein. Wie sollte das funktionieren?

Der Bote nahm ihr das Gerät wieder aus der Hand. „Ich habe nicht ewig Zeit. Will nach Hause und mir die Show ansehen. *Superband* ist klasse. Vor allem, wenn die Bands schlecht sind.“ Er musterte Lissi. „He, bist du nicht eine von dieser Mädchenband, die später einsteigen durfte?“

„Nein“, log Lissi.

„Doch, bist du. Mein Sohn findet es total unfair, dass ihr auch dabei seid. Einfach so, ohne die Vorrunden.“

Lissi entriss ihm das Paket und verzog sich damit wieder in die Abstellkammer. Schnell knallte sie die Tür hinter sich zu und zerrte die Klebebänder von dem Paket. Der Karton ließ sich öffnen und gab das frei, was sie befürchtet hatte:

Den Spiegel!

Bösartig grinsten die vielen Münder.

„Ihr entkommt nicht“, zischelten sie wie Schlangen. „Ihr könnt euch nicht einfach davonstehlen und den Pakt brechen.“

„Es gibt keinen Pakt", zischte Lissi zurück.

Tinka wedelte mit dem Brief. „Lissi wird niemals diesen Wisch unterschreiben!"

Im Spiegel erschien das Gesicht von Zebbelin. „Das wird sie müssen, denn sonst seid ihr erledigt, Babes. So eine Pleite werden die Leute aus eurer Schule nie vergessen. Alle werden euch hassen. Eure Brüder werden triumphieren, weil ihr den Beweis liefert, dass ihr nichts könnt."

Die Münder am Spiegelrand unterstrichen jeden Satz mit einem scharfen „Genau" oder „So wird es sein!".

„Außerdem werde ich für alle Zeiten bei euch bleiben. Ihr werdet mich nie wieder los!", erklärte Zebbelin böse.

„Mich auch nicht“, beeilte sich der Spiegel hinzuzufügen.

„Wir machen euch das Leben zur Hölle. Ihr habt gesehen, was wir können. Folgen euch einfach quer durch die Stadt!“ Zebbelins Gesicht verzerrte sich zu einer faltigen, graugrünen Fratze. Er presste seine Hände gegen den Spiegel. Die Handflächen wurden flach und weiß. „Ich muss hier raus. Ich will meine Musik des Bösen spielen und alle auf die Seite der Dunkelheit ziehen.“

Lissi packte den Spiegel und drehte ihn einfach um. So musste sie Zebbelins Gesicht nicht länger ansehen.

„Lächerlich“, höhnten er und der Spiegel.

Tinka stürzte aus der Kammer. Sie hielt es hier drinnen nicht länger aus. Lissi folgte ihr. Sie schlossen die Tür und lehnten sich dagegen.

„Was machen wir?“, flüsterte Tinka, die den Tränen nahe war. Sie hasste es zu heulen, aber in diesem Moment konnte sie es kaum verhindern.

Die *Hungrigen Kannibalen* kamen ihnen entgegen. Die Jungen waren geschminkt und ihre Haare gestylt. Selbst Frank sah richtig cool aus. Er und Stan taten, als wären die Schwestern Luft für sie.

„Geht es deiner Stimme besser?“, erkundigte sich Tinka.

Stan zuckte nur mit der Schulter.

Tinka und Lissi kehrten in die Garderobe der *Four Sisters* zurück, die bis auf Cosimo leer war.

„Die beiden Tanten sind weggegangen, um sich bemalen zu lassen", erklärte er.

Die Hexenschwestern knieten sich neben den Tisch, auf dem Cosimo saß und sich mit der Pfote genüsslich putzte.

„Bitte, hilf uns!", flehten sie ihn an und berichteten ihm von dem Paket mit dem Spiegel.

„Ihr habt euch da wirklich in einen großen Haufen Bockmist geschleudert. Ist klar, oder?"

Das wussten die Mädchen. Aber was half diese Erkenntnis jetzt?

Cosimo streckte den Kopf in die Luft und schnupperte. „Ich rieche etwas Fischiges."

Lissi hätte ihn am liebsten gepackt und geschüttelt. Wie konnte er jetzt nur ans Fressen denken?

Aber Moment, Cosimo aß gar keinen Fisch. Sie kannte ihn eigentlich nur noch Mango-Milchshake leckend. Seit einiger Zeit schien er sich ausschließlich davon zu ernähren.

„Was meinst du mit ‚fischig'?", forschte Tinka nach. Ihr war der gleiche Gedanke gekommen wie Lissi.

„Hier stinkt's, und es geht nicht um Jungen oder so, wenn ihr das denken solltet."

„Was stinkt?", fragten die Mädchen im Chor.

„Faule Sache hier. Das spüre ich in jedem meiner Schnurrhaare."

Tinka schnippte mit den Fingern. „Lissi, meinst du, es ist etwas dran an dem, was Frank beim Mittagessen gesagt hat?"

„Dass die uns hier benutzen, um mehr Zuschauer zu kriegen?" Bei dieser Vorstellung sträubten sich Lissis Locken schlimmer als Cosimos Fell. Wenn es etwas gab, dass sie wirklich hasste, dann unfaires Spiel und benutzt zu werden.

„Können wir das irgendwie rausfinden?", überlegte Tinka laut.

„Vögelchen-Hexerei", schlug Cosimo vor.

„Was'n das?", wollte Lissi wissen.

„Lässt die Leute zwitschern wie die Vögel."

Tinka hatte von dieser Hexerei schon mal gehört.

„Das ist so eine Art Wahrheitshexerei. Jeder muss dann die Wahrheit sagen."

„Schlaues Hexchen", lobte Cosimo. Dann verlangte er nach Mangomilch, die er von Tinka sofort gehext bekam.

Lissi schnaubte wie ein gereizter Stier und wollte auf der Stelle los. Tinka kam natürlich mit. Erstens musste sie verhindern, dass Lissi in ihrer Wut etwas Unvorsichtiges tat, und zweitens wollte sie selbst erfahren, was hier los war.

In den Gängen herrschte Gedränge. Nicht nur die Bands waren hier, sondern auch Freunde und Familienmitglieder. Außerdem die zahlreichen Fernsehleute, die alle durcheinanderriefen.

Herr Feierabend stand mit Thekla neben der Treppe, die hoch zur Bühne führte. Als er Lissi und Tinka auf sich zusteuern sah, deutete er auf ihre Klamotten. „Mädchen, umziehen, es ist nicht mehr viel Zeit. Was ist mit Schminken und Frisieren? So könnt ihr nicht auftreten."

Die Hexenschwestern blieben vor ihm stehen und starrten ihn an. Was sollten sie sagen und fragen?

„So viele drücken euch heute die Daumen", kam es von Thekla, die ihre Riesenbrille zurechtrückte.

Tinka nickte Lissi zu, als Zeichen dafür, dass sie das Hexen übernahm. Unauffällig drehte sie sich weg, damit Herr Feierabend und Thekla sie nicht beim Hexenklatsch beobachten konnten. Finger gespreizt, Hexenspruch gemurmelt und *klatsch*! Tinka wandte sich wieder den anderen zu.

Lissi verschränkte die Arme vor der Brust. „Nur mal so aus Interesse … wieso wollten Sie eigentlich unbedingt eine Mädchenband in der Show haben?"

„Die Zuschauer der ersten Shows waren fast nur Mädchen, aber dank euch sind jetzt auch wieder mehr Jungs dabei. Das tut der Quote gut", plapperte Thekla.

Herr Feierabend starrte sie an, als hätte sie sich gerade die Perücke vom Kopf gerissen.

Über die Quote hatten Frank und Stan auch gesprochen. Damit war die Anzahl der Zuschauer gemeint. Je mehr Zuschauer eine Sendung hatte, desto höher war die Quote.

„Was für ein glücklicher Zufall, dass du uns gleich eine Mädchenband servieren konntest", sagte Thekla zu Herrn Feierabend, der sie daraufhin noch entsetzter anstarrte.

„Thekla, es war wirklich ein Zufall, aber wie du weißt, mache ich für alte Freundinnen alles. Und mit den Mädchen kann ich sicher jede Menge Geld verdienen." Sofort presste Herr Feierabend die Hände vor seinen Mund, plapperte aber trotzdem weiter. Er konnte das Geständnis nicht stoppen und musste singen wie ein Vogel, wie das in der Gaunersprache so schön hieß. Er fuhr fort: „Ihr müsst jetzt nur noch dafür sorgen, dass die Mädchen wirklich gewinnen. Sollen diese Heinis in der Jury tun, was du ihnen sagst. Wie die Zuschauer abstimmen, interessiert ohnehin keine Sau."

Diesmal war es Thekla, deren Augen ungefähr die Größe ihrer Brille erreicht hatten, die nach Luft japste. Herrn Feierabend war anzumerken, wie unendlich peinlich ihm war, was er da von sich gab.

Allerdings wussten Tinka und Lissi jetzt eines ganz sicher: Sie waren benutzt worden für eine fiese, unfaire Aktion.

„Das müssen Sie alles auf der Bühne wiederholen", knurrte Lissi.

Herr Feierabend und Thekla stürzten Hals über Kopf davon.

Nun kannten die Schwestern die Wahrheit. Die ganze Wahrheit.

„Und was tun wir jetzt?", fragte Tinka ihre Schwester. „Das glaubt uns doch keiner, und einen Beweis haben wir auch nicht."

Sie kehrten in die Garderobe zurück, um alles mit Cosimo zu besprechen.

Aber die Garderobe war leer. Cosimo war verschwunden. Was hatte er vor?

Hypnotisiert

„Noch 45 Minuten bis zum Beginn der Show!“, säuselte die Stimme aus dem Lautsprecher.

„Cosimo?“, riefen die Hexenschwestern.

Ein klagendes Miauen kam als Antwort. Sie blickten hoch und sahen Cosimo oben auf dem Schrank hocken. Sein Fell war gesträubt, und er zitterte.

„Was ist los?“, wollte Lissi wissen.

Als Nächstes kam ein Zischen.

Der sprechende Spiegel stand auf dem Schminktisch.

Wie war er hierhergekommen?

Gleichzeitig legten alle Münder los: „Kein Entkommen möglich. Wir sind immer und überall bei euch. Wir verfolgen euch. Ihr könnt uns nicht entwischen.“

Zebbelins Gesicht, das immer fahler wurde und einem Totenkopf glich, grinste fies und widerlich aus dem Rahmen.

„Unterschreibe“, sagte er mit hypnotisierender Stimme. „Nur ein Tropfen Blut, und alles wird gut.“

„Nichts wird gut. Lissi muss dann anstelle von dir in diesem Spiegel hocken“, flüsterte Tinka, die vor Aufregung nicht mehr laut reden konnte.

„Aber wenigstens kommt euer Song in die Charts. Wenn du ein neues Opfer findest, dann kannst du das Gleiche tun, das ich mit euch gemacht habe.“

Voller Entsetzen bemerkte Tinka Lissis geweitete Augen. Sie schien von Zebbelins Stimme magisch angezogen zu werden. Mit der rechten Hand wühlte Lissi auch schon in ihrer Hosentasche nach einem spitzen Gegenstand.

„Nein, Lissi!“, warnte Tinka sie.

„Ich muss, ich muss es tun“, hauchte Lissi, die zweifelsfrei im Bann von Zebbelin stand. Er winkte mit den langen, knochigen Fingern. Sie wühlte weiter und tastete mit der linken Hand nach dem Brief. Tinka rannte zu ihr und riss Lissis Rechte in die Höhe.

Darin hielt sie ein kleines schwarzes Paket. Weil Tinka nicht erkennen konnte, was es war, schüttelte sie Lissis Hand und drückte ihr die Fingernägel in das Gelenk, damit sie es losließ.

Das Päckchen fiel zu Boden, wo es sich von allein entfaltete. Es war das schwarze Loch, das sich wie eine Badematte ausbreitete.

„Lissi, nur einen Tropfen! Ich lasse dich auch den Triumph auskosten. Du darfst noch einen ganzen Monat bleiben, wo du bist, bevor wir Plätze tauschen“, bot Zebbelin an.

„Tu es, tu es, tu es, tu es“, forderten die Münder sie ununterbrochen auf.

Aber Lissi fand einfach nichts, womit sie sich in den Finger hätte stechen können.

Tinka blickte zwischen dem Spiegel und dem schwarzen Loch hin und her.

Schnelles Handeln, ohne lange nachzudenken, war eigentlich nicht so ihre Sache. Diesmal hatte sie aber keine andere Wahl! Sie ließ Lissi los und stürzte sich auf den Spiegel. Mit beiden Händen packte sie ihn links und rechts.

Die Münder spuckten und zischten. Lange Reptilienzungen sausten heraus und schnalzten gegen ihre Haut. Es tat furchtbar weh und brannte. Aber Tinka ließ nicht los.

Der Spiegel machte sich schwerer und schwerer. Sie hatte Mühe, ihn überhaupt anheben zu können. Keuchend und schwitzend schleppte sie ihn vom Schminktisch und zog ihn über den Boden.

„Halte sie auf!“, verlangte der Spiegel von Lissi.

„Sonst seid ihr verloren, alle beide verloren“, drohte Zebbelin.

Lissi machte einen Schritt auf Tinka zu, die sie aber wegstieß. Sie hatte den Spiegel schon fast dort, wo sie ihn haben wollte. Mit letzter Kraft kippte sie ihn.

Er wehrte sich und ruckelte und wackelte.

Tinka ließ nicht los.

„Lissi, du Versagerin, du wirst fertiggemacht werden. Nie wieder kannst du dich vor die Haustür wagen“, schrie Zebbelin.

Gehorsam packte Lissi ihre Schwester an den Schultern, um sie von ihrem Vorhaben abzubringen. So grob und heftig wie nie zuvor schüttelte Tinka sie ab. Dann riss sie ein letztes Mal am Spiegel, der endgültig kippte und in das schwarze Loch stürzte.

Er wurde verschluckt – wie von einem Schlund ohne Boden. Zebbelins entsetzter Schrei verklang in der Tiefe. Er wurde leiser und leiser und leiser, bis er gar nicht mehr zu hören war.

In einem grellgelben Blitz, umwoben von weißen Nebelschwaden, tauchte auf einmal Aurelia Stickler, die Präsidentin des Clubs der Hexen, auf. Ihr orangegoldenes Gewand umflatterte sie.

Lissi riss die Augen auf und sagte: „Grün gezackte Hühnerkacke! Jetzt ist Schluss mit lustig, oder was?" Sie schien reichlich durcheinander zu sein.

„Ja, jetzt ist Schluss mit lustig. Vor allem für Zebbelin", sagte Stickler und bewegte sich in ihren Pumps wie ein Panther auf das schwarze Loch zu.

Hinter ihr trat Eduard Rock aus dem Nebel. Der Beauftragte des Clubs der Hexen trug ein giftgrünes Hemd mit knallroten und blauen Blumen darauf und dazu eine rosa-weiß karierte Hose mit extra weiten Glockenbeinen.

„Das ist alles ihre Schuld", giftete er los und zeigte auf Lissi.

Aurelia Stickler beugte sich über das schwarze Loch und holte weit zu einem kräftigen Hexenklatsch aus.

Der tischtennisballgroße grüne Edelstein an ihrem Ring funkelte auf, und das schwarze Loch erhob sich in die Luft. Wie ein Blatt im Wind segelte es kurz durch den Raum und verpuffte dann mit einem Zischen. Weg war es.

„Schlimme Regelbrecherinnen sind die beiden Junghexen, sage ich doch immer", wetterte Rock weiter.

„Schluss jetzt, Rock! Schließlich ist es ihnen gelungen, Zebbelin und den Spiegel unschädlich zu machen", sagte die Präsidentin des Hexenclubs.

„Ja, aber ohne …", maulte Eduard Rock.

„Entschuldigung", sagte Lissi kleinlaut.

„Schon in Ordnung, ist ja noch mal gut gegangen. Und jetzt ist Zebbelin wieder da, wo er hingehört", sagte Stickler.

„Noch 20 Minuten", verkündete die Lautsprecherstimme.

Noch 20 Minuten bis zur schlimmsten Niederlage unseres Lebens, dachten Tinka und Lissi gleichzeitig.

„Ähm, Frau Stickler, können Sie uns nicht aus dieser Sache raushelfen?", fragte Tinka vorsichtig.

„Ihr macht das schon", sagte die Präsidentin. Sie klopfte Tinka und Lissi auf die Schulter und drehte sich dann zu Eduard Rock um: „Los, wir hauen ab!"

Kurz darauf waren Stickler und Rock wieder im Nebel verschwunden.

Cosimo miaute und sprang vom Schrank. Im Sprung wurde er völlig unsichtbar.

Hilflos blickten sich Tinka und Lissi an.

Ruckartig wurde die Garderobentür geöffnet und eine Kamera platzte herein. Ein quirliger Kameramann trat ein, dem die Reporterin mit dem dicken Pferdeschwanz folgte. Mit der Hand wedelte sie durch die Nebelschwaden.

„Puh, was ist denn das hier für ein Geruch? Aufgeregt, oder was?“, fragte sie wenig feinfühlig.

Nun kamen ein Mann mit pechschwarzen, gefärbten Haaren und ein Mädchen, das einen Berg T-Shirts und Jeans schleppte, in die Garderobe.

„Gefunden“, jubelte der Mann übertrieben. „Ihr müsst endlich geschminkt werden und eure Sachen anziehen.“

Widerstand war zwecklos. Tinka und Lissi wurden auf die Stühle gedrückt. Schon begann der Mann, sie mit Pinseln und Puder zu bearbeiten. Er verschönerte die Wangen mit Rouge und bürstete Wimpern und Augenbrauen. Die Kamera filmte, während die Reporterin tausend Fragen stellte, die Lissi und Tinka nur mit knappen Jas und Neins beantworteten.

Ein junger Mann mit einem Klemmbrett erschien und erklärte, dass die *Four Sisters* erst nach den *Hungrigen Kannibalen* an der Reihe waren.

Tinka und Lissi würden erleben, was sie eigentlich den Brüdern hatten zufügen wollen: die totale Niederlage.

Leid taten ihnen Olli und Jante. Die beiden waren echt nett und wurden da mit hineingezogen.

Thekla und Herr Feierabend ließen sich nicht mehr blicken, bis die Show begann.

Boys Are From Jupiter

Musik dröhnte durch die Halle.

Das Publikum tobte, johlte und jubelte.

„Das ist das Heißeste, das ihr je erlebt habt“, heizte der Moderator die Stimmung des Publikums an. „Seid ihr bereit für das härteste Duell ever? Mit der coolen Girlband *Four Sisters*?“

Lissi und Tinka konnten alles hinter der Bühne mitanhören. Was sollten sie nur tun?

Sie würden sich zum Gespött der Leute machen, vor einem Millionenpublikum. Wahrscheinlich würden diese Thekla und die anderen Leute der Show den Skandal auch noch voll und ganz ausschlachten. Ihr peinlicher Auftritt würde dann bestimmt unzählige Male gezeigt und besprochen werden. Im Internet würden fiese Kommentare die Runde machen. Sie waren erledigt.

Mit hängenden Schultern standen Lissi und Tinka hinter der Bühne. Nach dem Auftritt ihrer Brüder waren sie an der Reihe.

Cosimo war auf einmal neben ihnen, unsichtbar wie sonst auch. Seine Aufgabe hatte er erfüllt. Er hatte Lissi auf die versteckte Schrift im Brief aufmerksam gemacht. Nun konnte er nicht mehr helfen.

Im Trubel wurde der Kater nicht wahrgenommen. Alle Teilnehmer waren viel zu sehr mit sich selbst beschäftigt.

Stan zog seinen Schal aus und klatschte Frank und die anderen Mitglieder seiner Band ab.

„Und jetzt einen Megaapplaus für die *Hungrigen Kannibalen*", peitschte der Moderator das Publikum an, als die Brüder mit ihrer Band auf die große Bühne stürmten.

Ihr Song trug den Titel „Boys Are From Jupiter" und war, das mussten die Mädchen zugeben, richtig gut. Jedenfalls viel stärker und besser als alle anderen Songs, die sie von den *Kannibalen* bisher kannten.

Die Juroren zeigten sich ebenfalls begeistert. Die Band bekam dreimal die Höchstnote von zehn Punkten und einmal sieben. Das war die beste Wertung der Show.

Stans Stimme hatte bis zum Ende des Songs durchgehalten. Die letzten Töne waren nicht mehr ganz rein gewesen, das war Tinka nicht entgangen. Sie sah, wie er sich an den Hals fasste. Als er einem Juror für das Lob dankte, konnte er nur noch krächzen.

Als die *Hungrigen Kannibalen* von der Bühne abgehen wollten, ertönte eine Hupe. „Joker! Ihr singt das Joker-Lied. Applaus!“, rief der Moderator und klatschte wie wild.

Cosimo kratzte an Lissis Bein. Sie beugte sich zu ihm und er raunte ihr zu: „Das machen diese Typen absichtlich. Die Jungs waren gut, und Stan klingt jetzt wie ein Reibeisen. Die wollen eine Pleite sehen, damit es spannender wird.“ Lissi richtete sich auf und sagte zu Tinka: „Cosimo meint, die machen das mit Absicht, weil Stans Stimme hinüber ist.“

Die *Hungrigen Kannibalen* sollten „Firefly“ von Michelle Mo singen. Die ersten Takte des Songs setzten ein.

Stan war anzusehen, dass er Schmerzen hatte. Er konnte nicht mehr singen. Sein Hals spielte nicht mit.

Zum zweiten Mal an diesem Tag tat Tinka etwas, das eigentlich nicht ihrer Art entsprach: Sie lief einfach los, ohne lange die Wenns und Abers abzuwägen.

Ein Raunen ging durch das Publikum, als sie mitten auf die Bühne in das grelle Scheinwerferlicht trat. Hektisch blickte der Moderator auf die Moderationskärtchen in seiner Hand und durchsuchte sie. Was hatte das Mädchen jetzt hier auf der Bühne zu suchen? Nachdem ihm seine Karten keine Antwort geben konnten, machte er eine ratlose Handbewegung und wandte sich zur Seite, wo Thekla stand. Doch sie zuckte nur ahnungslos mit den Schultern.

„He, etwas zu früh. Kannst es wohl kaum erwarten", versuchte der Moderator einen Scherz und streckte Tinka das Mikrofon entgegen.

„Nein, ich komme, um Stan zu helfen. Er ist mein Bruder." Tinka deutete auf Stan.

„Dein Bruder? Na klar! Aber ihr seid hier Gegner und kein Duett!"

Der Witz ging daneben, falls es einer sein sollte. Keine Lacher waren zu hören.

„Stan hat eine Halsentzündung. Der Doktor-Bär hat alles getan, damit Stan auftreten kann. Und ich finde, er war Spitzenklasse!"

Tosender Jubel und Applaus in der Halle.

„Doktor-Bär?", wiederholte der Moderator amüsiert.

„Damit meine ich Boris, der meine Mam geheiratet hat. Er ist nicht mein echter Paps, und weil er Meierbeer heißt, nenne ich ihn Auto-Bär, wenn er uns fährt, oder Koch-Bär, wenn er uns was kocht. Das kann er echt gut. Aber er ist auch Arzt, also ein Doktor-Bär."

Viel Gelächter im Publikum. Tinka wandte sich an die Jury. „Ich darf doch meinem Bruder helfen, oder?

Es gibt nicht viel, was wir beide mögen, aber ‚Firefly‘ ist unser gemeinsamer Lieblingssong.“

Alle vier Juroren waren einverstanden und forderten die *Kannibalen* und Tinka auf, zu zeigen, was sie konnten.

Tinka trat neben Stan und legte ihm den Arm um die Schulter. Sie lächelte ihn an. Die Musiker im Hintergrund begannen zu spielen und Tinka zu singen. Zum Glück war auch den anderen *Kannibalen* der Song bekannt, und sie stimmten ein.

Stan legte nun ebenfalls seinen Arm um Tinka, und so standen sie da, einig und vertraut wie selten zuvor. Als sie fertig waren, brach in der Halle die Hölle los. Der Jubel hörte gar nicht mehr auf. Sogar die Juroren waren aufgestanden und klatschten heftig.

Lissi zeigte Tinka den nach oben gereckten Daumen. Ihre Schwester war ein Hit und konnte auch ohne Zebbelin wirklich gut singen.

Die Reporterin mit dem dicken Pferdeschwanz kam gelaufen und bedeutete dem Kameramann, Lissi zu filmen. In diesem Moment sah Lissi auf der anderen Seite der Bühne Herrn Feierabend und Thekla stehen, die heftig miteinander diskutierten. Verstohlen machte Lissi einen Hexenklatsch und zwang die beiden so, mal wieder die Wahrheit zu sagen. Dann zog sie die Reporterin am Ärmel und rief ihr zu: „Bitte mitkommen! Es ist wichtig. Ich habe etwas Starkes!"

Der Kameramann und die Reporterin folgten Lissi hinüber zur anderen Seite der Bühne. Bei Herrn Feierabend und Thekla angekommen, sagte Lissi: „Erzählen Sie doch, wieso wir Mädchen auf einmal in die Show kommen sollten!"

Thekla und Herr Feierabend zuckten ertappt zusammen und pressten die Lippen aufeinander, doch die Hexerei war stärker. Wieder begannen beide, munter drauflosplappern. Sie berichteten, wie die Quote gesteigert werden sollte und dass der Sieger schon feststand. Ganz egal, wie das Publikum abstimmen würde – die *Four Sisters* würden gewinnen!

Fassungslos lauschte die Reporterin ihrem Bericht. Einige Male klappte sie den Mund auf und zu, brachte aber keinen Ton heraus. Da sie selbst für *Superband* arbeitete, war sie ratlos, was sie nun tun sollte.

Und dann kommt es ganz anders ...

„Wir machen kurz Pause und melden uns gleich wieder“, verkündete der Moderator. Die Regie schaltete einen Werbeblock, sodass die Sendung für die Zuschauer zu Hause unterbrochen wurde.

Stan, der noch immer den Arm auf Tinkas Schulter hatte, krächzte: „Danke, Schwesterherz!“

Frank nickte anerkennend. „War gar nicht so übel“, lautete sein Kommentar.

Die Geschwister verließen die Bühne. Am Rand sahen sie Lissi mit der Reporterin, dem Kameramann, Herrn Feierabend und Thekla stehen. Es herrschte große Betretenheit unter ihnen.

„Ich finde, das sollten Sie senden“, sagte Lissi laut.

„Das wäre der Untergang der Sendung“, jammerte Thekla.

Lissi baute sich vor ihr auf und erklärte: „Meine Schwester und ich lassen uns nicht von Ihnen benutzen.

Hier treten wir sicher nicht auf. Und wir werden auch den Grund nennen."

„Das … das könnt ihr nicht tun", wimmerte Thekla.

Dann tauchte der Regisseur auf der Bühne auf.

„Was … was redet ihr da?" Über das Mikrofon in Tinkas Hand hatte er alles mitgehört.

„Wir treten nicht auf, und wir werden sagen, was hier abgeht."

„Spinnt ihr?" Der Regisseur bedeutete dem Kameramann zu verschwinden.

„Lösch das auf der Stelle", raunte Thekla ihm zu.

Tinka war schnell klar, dass sie hier nicht gewinnen konnten. „Lissi hat recht. Wir steigen aus."

„Kein Problem", sagte der Regisseur. „Wir haben alle eure Proben mitgedreht. Wir senden einfach die Aufnahmen. Danach seid ihr besser da, sonst gibt es Ärger, ist das klar?"

„Wie?" Tinka verstand nicht sofort, was er meinte.

„Jede Probe wird aufgezeichnet, Kleines. Damit wir kein Loch haben, falls jemand durchdreht, wie ihr jetzt gerade. So etwas passiert ständig, wenn man mit Amateuren arbeitet. Die haben Nerven aus Zuckerwatte, aber die Show muss ja weitergehen."

Und genau so kam es auch.

Nach der Werbepause wurden die *Four Sisters* angekündigt, die – wie von Tinka und Lissi angedroht –

nicht erschienen. Olli und Jante waren damit einverstanden gewesen. Sie wollten auch nicht Teil dieser fiesen Sache sein. Für das Fernsehpublikum unterschied sich der Auftritt der *Four Sisters* nicht von denen der anderen Bands. Die Zuseher im Saal hingegen waren verwirrt, weil sie die Aufnahmen der Band nur auf der Leinwand, aber nicht in echt sahen. Dementsprechend schwächer fiel auch der Applaus aus.

Im Anschluss wurden die *Four Sisters* auf die Bühne geschubst. Cosimo hatte den Hexen geraten mitzuspielen.

Sie hatten Glück gehabt. Die Blamage war ihnen erspart geblieben. Weil es kein Liveauftritt gewesen war, fielen die Wertungen der Jury nicht sehr gut aus.

Am Ende der Show gab es einen Sieger. Die Band hieß *Tomatos* und bestand aus vier Jungen mit roten Haaren. Sie luden Olli ein, bei ihnen mitzusingen.

Die *Hungrigen Kannibalen* landeten auf Platz drei, was durchaus als Erfolg zu werten war. Die *Four Sisters* belegten den fünften Platz.

„Ihr werdet doch nicht verraten, was ihr gehört habt?", fragte Herr Feierabend sie immer und immer wieder.

Tinka und Lissi ließen ihn schmoren. Thekla und die Fernsehleute waren in Zukunft sicher vorsichtiger, während die Hexenschwestern von Ausflügen ins Showgeschäft vorläufig genug hatten.

Bei den Schnabel-Meierbeers wurde am Abend gefeiert. Die Nachbarn und viele Freunde waren gekommen. Alle waren begeistert von den *Hungrigen Kannibalen* und den *Four Sisters*. Niemand konnte verstehen, wieso Lissi und Tinka ständig betonten, dass Musik wirklich eher die Sache von Stan und Frank war und sie ihnen gern das Feld überließen.

Boris und Grit sagten immer wieder, wie stolz sie auf all ihre Kinder waren.

Es war schon nach neun Uhr, als es an der Haustür klingelte. Grit öffnete. Über den späten Besuch war sie nicht sehr erfreut.

„Dirk, was willst du hier?“, fragte sie den Reporter misstrauisch.

Ihr alter Klassenkamerad lächelte verlegen. „Mich entschuldigen, dass der Artikel vielleicht etwas zu … frech ausgefallen ist. Frecher, als ich das vorgehabt hatte. Aber mein Chef hat mir in letzter Zeit die Hölle heißgemacht. Er meinte, meine Geschichten wären zu lahm.“

„Aha. Verstehe.“ Frau Schnabel-Meierbeer machte keine Anstalten, Dirk ins Haus zu lassen.

„Ich würde es gern wieder gutmachen“, bot er an.

„Und wie willst du das tun?“

Dirk hatte sich darüber den Kopf zerbrochen und was er vorschlug, klang für Grit nicht übel …

Am Montag kehrte bei den Schnabel-Meierbeers wieder der Alltag ein. Während Tinka, Lissi und Frank zur Schule mussten, bekam Stan noch ein paar Tage Schonfrist. Seine Halsschmerzen hatten sich zu einer schlimmen Erkältung entwickelt, und so durfte er zu Hause bleiben.

Tinka, Lissi und Frank mussten dagegen feststellen, dass sie in der Schule nicht mehr die Helden waren.

Das große Thema lautete *Tomatos*. Greta und Antje hatten bereits beschlossen, einen Fanclub für die Band zu gründen und nur noch rote Klamotten zu tragen.

Irgendwie waren Lissi und Tinka froh darüber, nicht länger im Mittelpunkt zu stehen. Keiner fragte, wie es mit ihrer Band weiterging, und niemand interessierte sich besonders für den Song.

„Nie, nie, nie, nie, nie, nie, nie, nie wieder verheimlichst du mir etwas", schärfte Tinka ihrer Schwester ein. „Hast du das gehört und verstanden?"

„Äh was?" Lissi spielte die Ahnungslose, um Tinka zu ärgern.

„Ich wusste sofort, dass du wieder Unsinn machst", regte sich Tinka weiter auf.

„Sonst wäre es doch total langweilig", warf Lissi zu ihrer Entschuldigung ein.

„Sicher nicht!", schnaubte Tinka und machte eine wegwerfende Handbewegung. Sie gab auf. Es hatte keinen Sinn. Lissi fand bestimmt noch weitere Gründe, wieso sie das böse Spiel mit dem Spiegel und Zebbelin hatte machen müssen.

Als sie aus der Schule nach Hause kamen, gab es für die Geschwister eine große Überraschung. Auf der Titelseite der Zeitung prangte ein riesiges Foto von Stan und Tinka, wie sie gemeinsam auf der Bühne bei *Superband* standen. Der Text darunter lautete:

Die ABENDBLATT-Familie – ein Traum!

Dirk schwärmte in seinem Artikel, wie einzigartig und vorbildhaft Tinkas Hilfe für ihren Bruder gewesen war. Er bezeichnete die Schnabel-Meierbeers als Familie, in der man selbst gern Mitglied wäre. Nicht unerwähnt ließ er, dass Tinkas Unterstützung doppelt beeindruckend war, nachdem die Brüder ihr nicht immer nur gut mitgespielt hatten.

Grit seufzte viele Male glücklich und rieb sich ein Tränchen aus dem Augenwinkel, als sie den Artikel las. Sie drückte die Zeitung sogar an die Brust.

„Irgendwie schön", stellte Tinka fest. „Es war ein gutes Gefühl, mit Stan auf der Bühne zu stehen."

„Werd nicht kitschig", kam es von Lissi.

Am Abend fielen die Mädchen todmüde in die Betten.

Um im nächsten Moment mit einem Schrei wieder in die Höhe zu fahren.

Unter Tinkas Laken hatte jemand eine Schüssel voll Wasser platziert. In Lissis Hängematte war eine Drahtbürste versteckt, die ihre spitzen Borsten in ihr Hinterteil gebohrt hatte.

„Stan! Frank!", brüllte Lissi. „Ich reiße euch die Ohren aus und brate sie als Schnitzel."

„Lissi, bitte, was soll denn das?", rief Boris von unten.

„Na wartet", ächzte Tinka und betastete den peinlichen nassen Fleck auf ihrem Nachthemd. „Morgen nach der Schule startet das Projekt ‚Jungs zum Jupiter'."

„Was'n das?", wollte Lissi wissen.

„Wir dürfen nur Gutes hexen. Also werden wir hexen, dass Stan und Frank ausgewählt werden, als erste Menschen zum Jupiter zu fliegen. Zuerst muss es beinhartes Training geben und dann ab ins Raumschiff und Start. Flugzeit hundert Jahre hoffentlich."

Lissi nickte anerkennend. „Blondi, hast wirklich mehr als nur Vakuum unter dem Pony. Die Idee gefällt mir.“

Die Schwestern lachten los. Vielleicht würde es nicht der Jupiter sein, wo die Jungs landeten. Auf jeden Fall hatten sie mit einem Hexenstreich der Spitzenklasse zu rechnen.

Tinka und Lissi lockerten schon mal die Finger für einen besonders kräftigen Hexenklatsch.

Top-Hex-Geheimnisse über Thomas C. Brezina

© ManfredBaumann.com

Zwei Mädchen wie Feuer und Wasser, wenn sie aufeinandertreffen, zischt es! Ein unsichtbarer Kater, Hexengymnastik …
Dass Thomas an den Abenteuern von Lissi und Tinka Riesenspaß hat, merkt man auf jeder Seite. Zwei Mädchen ein eigenes Haus besitzen zu lassen, der Gedanke hat Thomas schon immer fasziniert. Dass die beiden hexen können, macht die Geschichten noch turbulenter und spannender.
Für Cosimo, den unsichtbaren Kater, gibt es übrigens ein Vorbild: Eine geheimnisvolle Katze tauchte einige Zeit nachts vor Thomas' Haus auf, blickte interessiert durch das Fenster und ging auf leisen Pfoten wieder.
Auch sonst geht es bei Thomas magisch zu, er hat ein Zimmer voller Zauberbücher. Beim Schreiben der No-Jungs!-Geschichten sitzt er gern in Cafés, dabei erntet er neugierige Blicke, wenn er wie Tinka und Lissi einen Hexenklatsch ausführt oder die Gespräche der Junghexen mitspricht.
Thomas wurde am 30. Januar geboren. Er lebt in Wien und London. Neue Ideen zu den beiden Hexen hat er schon ganz viele.
Das „C" in seinem Namen steht für Conrad und das englische Wort „create" – das bedeutet „erfinden". Passt doch gut zu ihm, oder? Er hat nämlich bis heute schon mehr als 550 Bücher geschrieben, die Kinder in der ganzen Welt, in China, Brasilien, Korea … begeistern. „Das Lesen meiner Geschichten soll immer ein Abenteuer sein!", das ist sein Motto.

Kostprobe

THOMAS C. BREZINA

ZUTRITT NUR FÜR HEXEN!

No Jungs

Handy, Handy in der Hand …

Hast du Lust auf noch mehr verhexte Abenteuer mit Tinka und Lissi? Dann blättere einfach um …

Tinka im Gemüsebeet

„Paps?"

„Hm?" Boris Meierbeer saß am Küchentisch über seinen Laptop gebeugt.

„Paps, du hast doch nichts dagegen, wenn ich Tinka erwürge und im Gemüsebeet vergrabe, oder?"

„Mach nur!" Boris nickte aufmunternd und klickte etwas auf seinem Computerbildschirm an.

„Danke! Wollte ich nur wissen." Lissi war mit der Antwort mehr als zufrieden. Fröhlich pfeifend verließ sie die Küche und marschierte zur Treppe, die nach oben in den ersten Stock führte.

„Reiß mir aber keine Karottensetzlinge aus!", rief Boris seiner Tochter hinterher.

„Karotten? Setzlinge? Was 'n das?", murmelte Lissi.

Ein Stuhl wurde geräuschvoll verrückt und fiel polternd zu Boden. Lissis Vater kam ihr nachgestürzt.

„Hast du mich gerade gefragt, ob du Tinka erwürgen darfst?“, fragte er atemlos.

„Habe ich!“ Lissi nickte.

„Aber … Aber … das kann doch nicht dein Ernst sein!“

„Ist es aber.“

„Sie ist deine Schwester!“

„Stiefschwester. Und sie nervt so tierisch, dass ich für nichts mehr garantieren kann.“

Boris hielt seine Tochter am Handgelenk fest. „Lissi, du hast doch gerade eben nur einen schlechten Scherz gemacht, oder?“

„Nein. Ich meine das todernst.“

„So etwas sagt man nicht! Nicht mal im Spaß!“ Boris bemühte sich, streng zu klingen.

Oben wurde eine Tür geöffnet, und Tinka kam die Treppe heruntergetänzelt. Mit gequälter Miene blieb sie vor Boris stehen, der sie angrinste, als müsste er sich für Lissis Benehmen entschuldigen.

„Sag mal, findest du auch , dass meine linke Zahnlücke größer geworden ist?“, wollte Tinka von ihm wissen.

„Hä?“, machte Boris.

„Ich mach mir Sorgen. Die linke Lücke fühlt sich doppelt so groß an. Ich kann meine ganze Zunge durchstecken.“

„Du hast doch gar keine Zahnlücke", meinte Boris und deutete auf ihre Schneidezähne.

„Nicht dort. Ich meine die Lücke hier." Tinka zog ihren Mundwinkel mit dem Zeigefinger zur Seite und lallte: „Uaaa hoooaaa hiiii hoa!"

Boris wechselte einen ratlosen Blick mit Lissi.

Tinka ließ den Mundwinkel wieder los. „Hast du die Lücke gesehen? Zwischen meinen Backenzähnen. Ich bin mir sicher, sie ist größer geworden. Meine Zähne werden sich alle verschieben. Wie soll das noch weitergehen?"

„Ist doch ganz einfach: Sie werden alle rausfallen, bis du keine mehr im Mund hast." Lissi stülpte die Lippen über ihre Zähne, als wäre das bei ihr schon geschehen.

„Das ist Unsinn!", schimpfte Tinka, doch es klang ein wenig, als müsste sie sich selbst davon überzeugen.

Noch immer die Zahnlose spielend, brabbelte Lissi: „Gaa eein Unzzzinn."

„Du bist ein Doktor-Bär, du musst mir helfen!", verlangte Tinka von Boris. Sie nannte ihn praktisch nie „Papa", sondern erfand immer neue Namen für ihn, die mit „Bär" endeten, da er Meierbeer mit Nachnamen hieß.

„Äh ...", machte Boris nur.

„Ich mache mir wirklich große Sorgen wegen der Zahnlücke, links hinten", beteuerte Tinka. „Ist sie größer geworden? Bitte sag, dass sie nicht größer ist …"

Lissi beugte sich vor und raunte Boris ins Ohr: „Solche Fragen stellt sie mir den ganzen Tag. Mindestens fünfmal in der Stunde. Wenn das kein Grund ist, dein Gemüse mit ihr zu düngen."

Boris sah das noch immer anders und sagte schnell: „Du kannst ganz beruhigt sein, Tinka. Du warst doch erst vor zwei Wochen beim Zahnarzt. Dem wäre das sicher aufgefallen."

Erleichtert atmete Tinka aus. „Danke, das ist wahr. Die Lücke kann seitdem eigentlich nicht größer geworden sein."

„Nein, sicher nicht!", beteuerte Boris.

Tinka lächelte glücklich und kehrte in das Zimmer der Mädchen im ersten Stock zurück. Kaum war die Tür hinter ihr zugefallen, platzte Lissi heraus: „Ich halte das nicht mehr aus! Diese ewige Fragerei! Irgendwie muss man das doch abstellen können. Sonst kann ich für nichts garantieren und deine Radieschen schmecken demnächst nach Tinka."

„Ach, das wird schon", meinte Boris und machte eine wegwerfende Handbewegung. Schon wieder in Gedanken versunken, kehrte er in die Küche zurück. Lissi ließ er einfach auf der Treppe stehen.

Eine Augenbraue hochgezogen, blickte sie ihm nach. Irgendetwas war mit ihrem Vater nicht in Ordnung. Das stand fest. Aber sie hatte keinen Tau, was es sein könnte.

Lissi wollte nicht zu Tinka ins Zimmer. Sie war langsam wirklich allergisch auf ihre Fragen. Gelangweilt schlenderte sie im ersten Stock an den Zimmern ihrer Brüder Stan und Frank vorbei. Hinter Franks Tür konnte sie Stampfen und das Knarren des Holzbodens hören. Neugierig öffnete sie die Tür und spähte hinein.

Es hatte etwas von einem Stummfilm: Die beiden Jungen rockten, was das Zeug hielt. Stan schlug auf die Saiten seiner E-Gitarre ein, und Frank prügelte das elektronische Schlagzeug.

Beide trugen Kopfhörer. Nur sie konnten ihre Musik hören. Mit geschlossenen Augen hämmerte Frank auf seine E-Drums ein, während Stan mit seiner Gitarre tanzend durch den Raum sprang. Der Anblick war saukomisch. Lissi musste laut loslachen.

Stan bemerkte sie als Erster und hörte zu spielen auf. Frank gab nur ein empörtes „He, Mann!" von sich.

„Hör auf zu lachen!", schimpfte Stan.

„Was wird das? Die erste lautlose Musiknummer? Gute Idee!"

Der Blick, den Stan Lissi zuwarf, hätte mühelos Felsen sprengen können. Lissi machte er gar nichts aus.

„Hau ab, wir müssen proben!"

„Wofür?"

„Die Hungrigen Kannibalen geben in den Ferien Konzerte. Unsere Fans werden toben!"

„Klar, sobald ihr von der Bühne geht, werden sicher alle vor Begeisterung toben", stimmte Lissi zu.

Frank, der sich einen Kopfhörer aus dem Ohr zog, drohte Lissi stumm an, die Trommelschlegel nach ihr zu werfen.

„Ich fresse einen meiner Hüte, wenn euch Fans zujubeln!", ätzte Lissi weiter.

„Ja, tust du das? Okay! Die Wette gilt!" Stan legte die Gitarre beiseite und ging auf Lissi zu.

Er streckte ihr die Hand hin. „Wenn uns bei einem Konzert die Fans zujubeln, isst du einen deiner komischen Hüte."

Lissi war von dieser Wette etwas überrumpelt. Frank wartete gespannt auf ihre Antwort.

„Ich meine, es muss ein echtes Konzert sein, mit Bühne und so", schränkte Lissi ein.

„Schaffen wir!“ Stan schien keine Zweifel zu haben.

„Von mir aus!“ Lissi schlug ein.

„He, Stan, uns haben doch bisher alle abgesagt, bei denen wir auftreten wollten,“ gab Frank zu bedenken.

Stan winkte energisch ab, um seinen Stiefbruder zum Schweigen zu bringen.

„Gewinne ich, müsst ihr eines von Tinkas kitschigen Liebeslieder einstudieren und damit auftreten!“, meinte Lissi. „Ihr Lieblingssong ist *Lovely Sixteen*.“

Bereits der Titel verursachte den Jungen Bauchschmerzen, sie krümmten sich angewidert.

Lissi dagegen war fest davon überzeugt zu gewinnen. Als sie sich zurückzog, hörte sie die Brüder hinter der Tür: „Wir treten auf, und es wird ein Hit!“ Das kam von Stan, und es klang wie eine Beschwörung.

„Wäre echt der Hammer!“, meinte Frank. „Wird aber nicht passieren.“

„Willst du *Lovely Sixteen* singen?“ Stan stimmte die hohen Töne des Liedes an.

„Nöööö!“

„Dann werden wir uns einen Gig suchen!“

„Einen was?“

„Einen Gig. Einen Auftritt!“

Lissi grinste zufrieden. Die beiden sollten ruhig suchen. Viel Spaß! Sie räumte ihnen keine Chancen ein.

Pleite und Ferien

„Ich … Ich muss dich was fragen!"

Allein dieser eine Satz von Tinka konnte Lissi zur Weißglut bringen. Mit zusammengebissenen Zähnen knurrte sie warnend: „Was?"

Tinka erhob sich von ihrem Schreibtischstuhl.

„Du musst jetzt ernst sein und nicht gemein."

„Wieso?"

Tinka strich sich über ihr kleines Speckbäuchlein, das über ihren Hosenbund guckte. „Findest du, dass ich zugenommen habe?"

Lissi seufzte. „Ich wusste, du wirst das fragen. Schrecklich."

„Wieso schrecklich?", fragte Tinka alarmiert.

„Weil … Weil ich dir doch nicht sagen kann, dass du zum Flusspferd wirst."

„Wie?"

„Du hast in letzter Zeit so zugenommen, dass du demnächst als Flusspferd durchgehst."

„Nein, nicht wirklich!"

„Doch!", erwiderte Lissi eiskalt.

Tinka ließ sich verzweifelt auf ihren Schreibtischstuhl sinken.

„Vorsicht, das Ding könnte zusammenbrechen!", warnte Lissi.

„Es ist doch nicht sooo schlimm, oder?", bettelte Tinka um eine bessere Antwort.

„Schlimmer!", kam es beinhart von Lissi.

„Ach, ich ... Ich glaube dir kein Wort! Du sagst das nur, um mich zu ärgern."

In der Diele wurde ein Gong geschlagen.

„Kinder, Abendessen, alle kommen!", rief Grit.

„Huuuuuungaaaaaaa!", brüllte David, der Jüngste der Familie. Lautstark trampelte er die Treppe hinunter, Stan und Frank folgten und als Letztes die beiden Mädchen.

„Ich ... Ich esse nichts", verkündete Tinka.

Diese Bemerkung störte Lissi nicht. „Sehr gut, bleibt mehr für uns!"

Durch die offenen Fenster der Küche strich eine warme Sommerbrise und bauschte die Gardinen auf. Auf dem Tisch dampften Spaghetti und Tomatensoße.

Alle nahmen Platz. Boris begann mit dem Verteilen der Nudeln. Tinka zögerte, streckte ihren Teller dann aber doch hin.

Grimmig dachte Lissi: *Mich nervst du mit deinen Fragen, aber dann greifst du doch wieder zu!* In letzter Zeit ging ihr ihre Stiefschwester echt tierisch auf die Nerven.

Thorsten, der älteste Bruder, kam in die Küche gestürzt.

„Tut mir leid, dass ich so spät bin. Nach der Uni musste ich noch etwas mit ein paar Kommilitonen besprechen ..."

Lissi schmatzte Küsse in die Luft. „Meinst du diese Art von Besprechungen?"

Darüber musste David so heftig lachen, dass er einen Sprühregen roter Tomatensoße über den Tisch spuckte.

„Oh nein, David!", jammerte Grit.

„Aus dir müssen wir in den nächsten Wochen unbedingt einen kleinen Gentleman machen", bemerkte Boris.

„Was ist das?", fragte David.

„Jemand mit guten Manieren."

„Mam, meinst du, dass mein Benehmen gut genug ist, um mit einem echten Prinzen auszugehen?", wollte Tinka von ihrer Mutter wissen.

Lautstark saugte Lissi die Spaghetti ein. Selbst wenn sie ausnahmsweise mal nicht das Opfer von Tinkas Fragen war, nervte es sie.

„Küss den Prinz, dann wird er ein Frosch“, verkündete David grinsend eine seiner Weisheiten.

„Ich bin sicher, dass du jedem Prinzen gefällst, Schätzchen“, versicherte Grit Tinka.

Thorsten nahm sich bereits die zweite Portion Nudeln. Ganz beiläufig fragte er: „Und, hast du schon eine Lösung für die Ferien, wo du doch halb pleite bist, Boris?“

Schlagartig hörten alle auf zu essen. Sämtliche Augen waren auf Boris gerichtet.

„Pleite?“, fragte Grit leise.

„Thorsten!“, sagte Boris vorwurfsvoll. Und dann machte er auch noch: „Psst!“

„Wieso sind wir pleite?“, wollte David wissen. Er schien das Wort zu kennen.

„Wir sind nicht pleite“, beeilte sich Boris zu versichern. „Es ist nur so, dass ich Steuern nachzahlen musste, und dann die teure Reparatur des Daches, unser neues Auto und, und, und …"

„Wir wollten doch in diesem Jahr mit den Kindern in den Norden fahren und uns die Mitternachtssonne ansehen." Grit klang wie ein kleines Mädchen, dem jemand gesagt hatte, dass der Weihnachtsmann dieses Jahr nicht zu ihr kommen würde.

„Ich will ans Meer!", meldete sich Frank.

„Und ich will in Clubs abfeiern", meldete Stan.

Thorsten hob die Hand, um das Gespräch zu stoppen.

„Das wird dieses Jahr nicht möglich sein. Dafür müsste Boris Schulden machen. Und dann wären wir in Kürze tatsächlich pleite."

Das Wort hing wie eine dunkle Gewitterwolke im Raum.

„Heißt das, wir bleiben die ganzen Ferien hier?“, wollte Lissi wissen.

Boris schüttelte energisch den Kopf. „Das heißt es nicht. Gebt mir noch ein paar Tage Zeit. Vielleicht habe ich dann gute Neuigkeiten.“

Düster meinte Frank: „Und wenn nicht? Dann sind eben die Ferien im Arsch“

„Frank!“, fuhr Grit dazwischen und deutete stumm auf David. Sie wollte nicht, dass er solche Worte hörte.

„Ferien sind im Arsch, sind im Arsch“, trällerte David schon los.

„Manchmal möchte ich euch den Hals umdrehen“, gestand Grit.

„So was will ich auch manchmal“, meldete sich Lissi. „Inklusive Begräbnis der Opfer unter den Kohlköpfen, die Boris im Garten gepflanzt hat.“

„Schluss, aus!“ Boris schlug mit der Faust auf den Tisch. „Kann man hier im Haus auch über etwas anderes reden?“

Thorsten beeilte sich, etwas zum Themawechsel beizutragen: „Wir können ja noch mal über deine nahende Pleite sprechen.“

Boris stöhnte leise.

Lissi und Tinka sind beste Freundinnen, neuerdings Schwestern und … Hexen! Auch wenn es mal kracht, halten die beiden zusammen. Und die neue Zauberkraft eröffnet ungeahnte Möglichkeiten: ein Mathewunder für Lissi oder einen Verschönerungszauber für (scheinbar) uncoole Mütter. Oder gibt es da noch irgendwelche Hex-Regeln …?

Sammelband 2: Mathe, Mütter und totales Familienchaos
ISBN 978-3-505-13178-3

Bei Lissi und Tinka heißt es nicht umsonst: No Jungs! Die machen nur Ärger … Und den können die beiden gerade gar nicht gebrauchen, denn nach einer kleinen Hex-Schummelei müssen sie die Hexenschulbank drücken. Fallen sie durch die Prüfung, verlieren sie ihre Kräfte! Zum Glück stehen die Ferien vor der Tür, doch auch hier warten jede Menge verhexte Überraschungen!

Sammelband 3: Total verhext: Schule, Ferien und die Jungs!
ISBN 978-3-505-13389-3

Thomas C. Brezina
No Jungs! Zutritt nur für Hexen
Jeweils drei Hexenabenteuer in einem Buch!
je ca. 450 Seiten, gebunden
mit UV-Lackierung auf dem Cover
€ 12,99 [D]

Schneiderbuch
EGMONT

23.3.15

279268